U0165556

中文閱讀與表達

——人文素養

王淳美 主編

王淳美、蔡蕙如、羅夏美、施寬文、呂昇陽 編著

五南圖書出版公司 印行

主編序

　　由於科技不斷進展，藉由各式電子媒體得以快速傳遞影音信息的資訊化世代，文字的運用與理解因而相對漸次弱化。在智慧型手機普遍化的衝擊下，對於常民生活形態的影響，便是知識與資訊的取得變得快速且容易。學生習於多媒體影音圖像與簡訊化語彙的結果，便是對文字理解與應用的漸漸疏離，使學校中文教育的型態隨之調整與變革。教育部公布108課程綱要強調的「核心素養」，意指「一個人為適應現在生活及未來挑戰，所應具備的知識、能力與態度。」在教學上，期許學生能將所學知識應用在日常生活，培養解決各種問題的能力，進而實踐力行，因而在教導與學習的過程，得更有活潑創新的思考理路、清晰得宜的表達方式，始能收效。

　　核心素養強調學習不局限於學科知識與技能，而應關注學習與生活的結合，讓學生同時具備「知識、態度、技能」的新能力。教育部擬定新課綱強調的核心素養共有三面九項，分為「自主行動」、「溝通互動」、「社會參與」等三個面向，包含九項能力：

一、個人能力：自主行動

　　㈠身心素質與自我精進、㈡系統思考與解決問題、㈢規劃執行與創新應變。

二、個人與外界關係：溝通互動

　　㈠符號運用與溝通表達、㈡科技資訊與媒體素養、㈢藝術涵養與美感素養。

三、個人社會、國際意識：社會參與

　　㈠道德實踐與公民意識、㈡人際關係與團隊合作、㈢多元文化與國際理解。

　　素養導向的教學創新課程需要協助學生面對未來，以學習者為主體，實踐素養導向，落實適性揚才，以及終身學習等目標。素養導向教學創新課程目標必須呼應本校十大通識能力指標，以知識（Knowledge）、

技能（Skill）及態度（Attitude）訂定課程目標。分別說明如下：

一、知識：專業知識、本土與國際意識、實務技能、人文與倫理素養

二、技能：資訊能力、創新整合、表達溝通

三、態度：熱誠抗壓、敬業合群、服務關懷

　　本書由南臺科技大學通識教育中心五位教師研擬編撰教材，在中文程度有待提升的資訊化世代，結合素養導向的新課綱，冀能提升學生的中文閱讀理解與表達能力。本書《中文閱讀與表達——人文素養》全書分為三個單元，採納與中文教育關聯度最高的素養導向培育目標，計有「表達溝通」、「人文與倫理素養」與「本土與國際意識」等三類。各單元的選文兼容古典文學與臺灣在地化書寫，以及中外現代文學——包括丹麥著名童話，日本、法國的知名著作，使閱讀者兼及東方與西方文化的國際視野。此外，藉由選取不同國別的作品，教導學生如何透過閱讀文字、順暢適切地表達情感與思想、增進鑑賞品評等基礎核心能力，並期許閱讀不同性質的作品後，對以中文為載體的文學能厚實更多元的文化素養。

　　本書分為三個單元，選文共有十二篇。全書各篇體例相同，每篇的結構依序為：課文、課文作者、課文譯者、背景研析、核心素養、分組討論報告單、素養學習單等。全書編撰以核心素養為導向之大學中文教材，藉以激揚學生的學習樂趣、增廣閱讀不同文體的能力，以及強化語文表達溝通技巧。

　　中文能力的訓練暨人文素養的培育，需靠長時間漸進積累，在潛移默化中予以提升。透過閱讀文字、書寫表達，乃至於口語短講等訓練，始能厚植語文表達的思維邏輯能力與應世的溝通技巧。

　　本書適用於大學院校之中文教材，可供教師教學、學生與社會人士自習所用。本書所選篇章，皆經過五南圖書出版公司正式簽署授權；內容如有謬誤遺漏，尚請賢達方家，不吝賜正。

王淳美

2021.7.12

謹序於臺南仲夏

目次

三 本土與國際意識

一、表達溝通

倉央嘉措詩選

作者／清・倉央嘉措

 課文

其一[1]

佛前美麗的哈羅花，

你若是我前世的情人，

我願化身金蜂，

隨你常伴佛堂。

其二

爲著溫柔美麗的情人，

---

[1] 其一：倉央嘉措詩歌原以藏文寫成，後來出了許多漢譯本，有五言版、七言版及新詩版。但詩的韻律、意境和美是很難通過翻譯移植的。據說，有些從漢語看來很平淡的詩，在藏文原作中卻十分精彩。本篇課文所採用的版本，根據林玥《一代詩僧倉央嘉措》收錄《倉央嘉措全詩集》中蒐羅的《倉央嘉措情歌──現代新詩版》，原無題且不分段，此為簡明編寫，依其段落標出編號，參見林玥，《一代詩僧倉央嘉措》收錄《倉央嘉措全詩集》，臺北，野人文化，2013年初版。

躊躇著是否該進山修行。
人世間可有兩全之策，
讓我兼顧佛緣與情緣。

其六

身處壯闊的布達拉[2]，
我是雪域威赫的王。
遊蕩在繁華的拉薩[3]，
我是瀟灑漢子宕桑[4]。

其九

誰說渡口是個無情的地方，
看那船中的木馬[5]都知回顧離開的方向。
只有我昔日的愛人，
遠走他鄉也不肯回頭張望。

2　布達拉：布達拉宮坐落在中國西藏自治區首府拉薩市區西北的紅山之上，海拔
　　3700公尺。是一座規模宏大的宮堡式建築群，17世紀後，成為西藏政教合一
　　的統治中心。整座宮殿具有鮮明的藏族風格，依山而建，氣勢雄偉。宮中收藏
　　了無數的珍寶，為一座藝術殿堂。1994年，布達拉宮被列為世界文化遺產。
3　拉薩：中華人民共和國西藏自治區首府，海拔3650公尺。拉薩歷來是西藏全
　　區政治、經濟及文化的中心，也是藏傳佛教聖地。1982年定為國家歷史文化
　　名城。
4　宕桑：倉央夜遊拉薩時，化名貴族漢子宕桑旺波。
5　船中的木馬：古代藏族渡船刻木為馬，馬頭朝後。

其十八

印章黑色的印記，
不會傾訴衷腸。
但我依然要在信上蓋個，
當是把我的相思印在妳的心上。

其十九

初三那日的月亮，
光芒若隱若現。
希望妳對我愛情的回應，
能如十五的圓月和美吉祥。

其二十五

寒風吹過田野，
秋草掛了白霜。
這冷酷的嚴寒橫掃世界，
使蜂兒與花朵不能永相守望。

其三十四

縱使相遇也不能言語，
擦肩而過只得嘆息。
幸虧有妳多情的眼睛傳遞訊息，
我才知道妳真實的心意。

其三十七

在這短促的今生，
有你的真愛我已無憾無求。
不知在遙遠的來世，
你能否記起我今日的面容。

其四十

如果今生未曾相見，
我們就不會心生愛戀。
如果今生未曾相知，
我們就不會彼此相思。

其四十六

潔白的圓月出東山，
緩上天頂多明亮。
我被月光照亮的心房，
映現出瑪姬阿米[6]的模樣。

6　瑪姬阿米：西藏遊客大多是通過拉薩八廓街的「瑪姬阿米」黃色小酒館知道倉
　　央嘉措的。酒館的人說，那裡曾是倉央「密會情人」的地方，「瑪姬阿米」就
　　是倉央情人的名字。但倉央是否真有名叫瑪姬阿米的情人，這也是不能證實的
　　傳說。如果有，倉央是否會毫無顧慮地將她真名寫進詩裡，也是可疑。「瑪姬
　　阿米」藏語的中譯，關涉到此詩解為道詩或解為情詩的爭議，詳解見本文此詩
　　「背景研析」處。

其五十六

夜裡與情人相會，

天明落了紛飛大雪。

雪地清晰的腳印，

讓我的秘密暴露人前。

曠世詩僧倉央嘉措

作者／羅夏美

課文作者

倉央嘉措（1683-1706），第六世達賴喇嘛[7]。誕生於喜馬拉雅山南麓藏族人平常家族，原名阿旺諾布。稚嫩童顏中自有穎慧天資及莊嚴法像。當時，攝政桑結嘉措為了護衛西藏的政治與宗教，謹遵第五世達賴的願望，將五世圓寂的消息保密了15年。1688年，這男孩被高僧認定是五世的轉世靈童[8]，將他迎接到聖城拉薩附近，接受名師指導藏文、佛經、詩歌、曆算、辯經、攝政等等嚴謹教育。1697年，靈童14歲，高僧隆重為之舉行升座大典，授法號為倉央嘉措（意為「梵音[9]大海」），成為第六世

---

[7] 第六世達賴喇嘛：本文倉央大事年代紀資料多根據〈倉央嘉措〉，第十四世達賴喇嘛官方國際華文網站，www.dalailamaworld.com/topic.php?t=125.

[8] 轉世靈童：西藏活佛轉世制度，起源於12世紀初，藏傳佛教格魯派認為，上師班禪與達賴都是神佛轉世，班禪是阿彌陀佛轉世，達賴是觀世音菩薩轉世。

[9] 梵音：大梵天王所發之聲，具有五種清淨之音，即正直、和雅、清徹、深滿、周遍遠聞。大梵天王修習禪定，戒行清淨，心離欲染，故能具此五種清淨之音。

達賴喇嘛，即格魯派黃教法王，並正式昭告清朝康熙皇帝及西藏百姓。

1701年，拉藏汗[10]和桑結嘉措的政爭矛盾演化為一場戰爭，拉藏汗調集蒙古大軍擊潰藏軍，殺死桑結嘉措。又上報清廷：桑結嘉措所立的六世達賴倉央嘉措沉溺酒色、不理教務、不是真正的達賴，請康熙帝下令貶廢。康熙皇帝於是下旨：將拉藏汗奏廢桑結嘉措所立的六世達賴押解進京！

1706年，蒙古軍隊將倉央押送到哲蚌寺[11]時，武裝僧人將他營救到寺廟裡，僧兵和蒙古軍隊戰鬥了三天三夜，最後倉央為了避免無辜的死傷，獨自一人從哲蚌寺走了出來，放棄抵抗。在倉央被帶走之前，他寫了一首詩贈給他在拉薩的情人，留下了他最後的浪漫：

天空潔白仙鶴，請把雙翅借我，
不到遠處去飛，只到理塘就回！

據說，七世達賴的轉世靈童就是根據倉央這首詩中的暗示，在理塘找到的。不過倉央寫下這首詩後，這一次不是「不到遠處去飛，只到理塘就回」，而是永遠地走了，走得不知所終。這是1706年，倉央剛剛24歲。倉央在押解途中是否真的死亡，之後有幾種傳說：倉央在押解進京途中，病逝於青海湖；或倉央在路上被政敵拉藏汗祕密殺害；或倉央被清帝囚禁於五臺山，抑鬱而終；或，好心的解差將倉央私自釋放，他最後成為青海湖邊的一個普通牧人，餘生詩酒風流……

倉央嘉措，藏傳佛教達賴喇嘛五世轉世靈童，1697年14歲入布達拉

---

[10] 拉藏汗：蒙古和碩特汗國最後一任可汗。1701年，拉藏汗繼承汗位。1705年，拉藏汗殺死西藏專權的攝政桑結嘉措，廢黜其擁立的六世達賴倉央嘉措，重新選定阿旺伊西嘉措為六世達賴，得到康熙的許可與冊封。

[11] 哲蚌寺：藏傳佛教格魯派寺院，拉薩「三大寺」之一，1416年修建，位於拉薩西郊5公里。

宮，正式坐床[12]爲第六世達賴，十年後因政教之爭而被清廷廢黜。

傳說他成爲達賴之前，家鄉有一位美貌聰明的青梅竹馬[13]。倉央入佛寺後，深宮內嚴謹的學經生活和複雜的政爭，拘束了他自在的心性，引動他青少年的叛逆。便時時懷念多彩多姿的庶民生活，思念清麗的情人。他課餘便與年輕人在龍王潭[14]騎馬、射箭、歌舞；並微服夜出拉薩城約會情人，追求單純浪漫的愛情。

某天大雪清晨，鐵棒喇嘛發現雪地上一串清晰的夜歸腳印，便沿路追蹤到倉央的寢宮，遂印證了外面的流言：本應在深宮修行的活佛竟爾隱密夜遊而沉迷酒色。隨後鐵棒喇嘛處死了倉央的貼身喇嘛，還派人將他的情人賜死[15]，並且軟禁倉央於大宮之中。五內如焚的倉央萬般無奈，只能將佛法與眞性情的糾葛，持續揮灑於他的詩歌，讓一代又一代的後人動容傳誦。

---

[12] 坐床：坐床是藏傳佛教寺院中的重大宗教儀式，是活佛傳承過程中，轉世者由轉世靈童正式繼任活佛並改稱活佛名號的必要儀式。

[13] 青梅竹馬：倉央嘉措生於1683年，1688年4-5歲的時候就被高僧認定為轉世靈童，迎接到聖城拉薩附近修習佛法，因此，倉央是否有青梅竹馬的女友，只是傳說。1697年，倉央14歲，因母喪出寺散心，因緣際會結識了才華洋溢、偷溜出門票藏戲的貴族女子達瓦卓瑪，此後成為倉央的祕密情人。幾年後，倉央即將年滿18，將可以親政了。然而達瓦卓瑪卻被攝政桑結嘉措下諭：特指與蒙古連姻，擇日出嫁。這樣遠嫁蒙古的政治連姻，也是為了讓倉央對達瓦卓瑪死心。倉央苦澀了三年。之後倉央在浴佛節中結識神似達瓦卓瑪的藏戲主角瑪姬阿米，兩情相悅，倉央便常化身貴族男子宕桑，夜遊拉薩八廓街的黃色小酒館，與情人相會。參見林玥，《一代詩僧倉央嘉措》，臺北，野人文化，2013，頁59、120、157。

[14] 龍王潭：拉薩著名的園林建築之一，修建於六世達賴倉央嘉措時期。

[15] 情人賜死：參見林玥，《一代詩僧倉央嘉措》，臺北，野人文化，2013，頁198。

背景研析

其一

　　前世今生多少情緣，你卻轉世成了哈羅花，成了佛前莊重而莫能親近的祭品；可是，我所留戀的往昔戀情，又該何去何從啊。只好讓我化身金蜂常伴佛堂，永遠廝守在你的今生……

　　賞析倉央這首詩，自然會想起詩比興。可是，他如此純真癡情熱惱執拗，直追索到天荒地老未可知的生死輪迴，讀詩人只能望詩興嘆，誠心祝禱倉央的真情至性能感動天地，讓他在無數次的靈童轉世裡，能夠生生世世有伊人相隨。

其二

　　「曾慮多情損梵行，入山又恐別傾城。世間安得雙全法，不負如來不負卿！」這首詩曾緘的譯文相對典雅。倉央徘徊在修行和愛情之間，心如何能安住於佛法？心又怎能留戀於溫柔之鄉？向佛不夠虔誠，愛妳又有所虧欠！如果動情了，就有違如來佛法；如果不動情，又辜負了佳人的愛情。這是倉央的名詩，刻畫了既是一代活佛，又是多情種子的矛盾兩難的境遇，普遍激起潛藏在藏民心底的，對於族群首領的偏袒、寬容和愛憐。

其六

　　雪域高原，藍天高遠，草原遼闊；佛寺裡，千百宮殿連綿不絕，青春卻無處安放。本是雪域高原最大的王，可是白雪卻掩不去憂傷。只能側身暮色中，翩然化作瀟灑漢子宕桑，循著拉薩街道酒館的歌聲，去尋訪相愛的伊人。

　　身為布達拉宮的王，地位看似無比高貴，本應成為一個藏族政教合

一的英雄，大顯身手有所作爲，卻深陷政爭的泥沼中而寸步難行；轉而想做一名普通百姓，享受青春追求愛情，卻也因爲活佛轉世、雪域大王的虛名，而屢屢不得自由。身份越高貴，壓抑反而越多。倉央也只能用佛法與人性兩難、獨自黯然銷魂的情詩，試著排遣內心莫可奈何的哀愁。

其九

　　這首詩訴說渡口離情，令人憶起柳永〈雨霖鈴〉。遠行人他嫁遠方[16]沒有流連，但有情人在渡口糾結，苦情滿溢。因黃教戒律而不能保有愛情的倉央，注定要一直承受著撕裂的分離。此番送別緣分已盡的情人，此生又將被迫割捨多少回情緣[17]呢？令人對倉央轉世而與愛情無緣的身世心生不忍。歲月如斯，欲說還休。

其十八

　　情人爲何總是黑夜翩然而至，黎明卻倏忽遠離呢；令人聯想起希臘神話中的邱比特與賽姬。看到別人日夜相守平凡的幸福，妳[18]只是羨慕，卻從沒有提過任何要求，只是默默與我長相攜手。如今，我在書寫相思心情的信箋上，執意蓋上一枚黑色小印，讓妳也能擁有有情人都擁有的愛情信物。

　　倉央的愛情遭受了太多的禁制。這首詩，像是告白，明知愛情無關乎現實的形式，而自己卻呈上一片相思、貼心與信物，希望能給情人溫暖感受。保守的年代，純情的少男，戀慕的心理，眞誠的情話，這就是倉央情詩美之所在。

---

[16] 他嫁遠方：此詩或指不得已遠嫁蒙古的情人達瓦卓瑪，參見注13。
[17] 割捨多少回情緣：傳說倉央在達瓦卓瑪遠嫁之後數年，另有情人瑪姬阿米，後來也被迫賜死，參見注9。
[18] 妳：此詩或指傳說中的倉央情人瑪姬阿米，參見注9。

其十九

　　高高懸掛著的，不只是初三那彎若隱若現的新月，還有我的心，它也高高懸掛著，在妳的一顰一笑的雲朵間。情人啊，多希望妳的心意也和我一樣，只要妳輕輕一笑，我的世界就會銀光閃耀，一如那十五的月亮和美吉祥。

　　即使身處世俗戒律十分嚴格的黃教之中，對愛情、對美好世俗生活，依然使倉央深心盼望。這首詩以新月的閃鑠不定與滿月的和美吉祥，比喻情人的一顰一笑牽動我患得患失的相思，意象平實可愛，像是樸拙即興的民歌。

其二十五

　　寒風白霜橫掃原野，使蜂兒花朵從此魂魄兩地離分。從來沒有誰真的知道，能夠無災無難長相廝守的另一個世界在哪裡？所以席慕蓉的詩作如是描述：「為此我已在佛前求了五百年。」

　　倉央，一個人踽踽獨行在不能有愛的路上，寒風田野，自然讓他起興聯想起蜂兒、花朵與情人。倉央頌揚愛情時是純真無邪的，即連強制被拆散，也是自責退位[19]，沒有激烈的詩歌控訴，也沒有興風作浪挑起政爭，他只是承擔起天命而獨自品嘗悲傷，只能在秋風起兮，落花飄零時，借物起興，寫下無邪的詩句以稍解他沉鬱的心緒。

---

[19] 自責退位：傳說倉央20歲時結識情人瑪姬阿米，兩人經常夜會拉薩城，某日大雪，倉央夜歸腳印被發現，他的貼身侍衛因此被殺，倉央也被軟禁在大殿之中。氣憤而自責的倉央請求五世班禪收回他所受的沙彌戒，並要求還俗，亦即退讓六世達賴之位，否則，他將面對寺廟自殺以明志。參見林玥，《一代詩僧倉央嘉措》，臺北，野人文化，2013，頁174。

其三十四

一見鍾情的那一刻，愛在妳[20]我的眼中，猶如一泓清泉，汨汨且秘密地流淌，天旋地轉，渾然不覺街市是人聲鼎沸抑或是瓦礫廢墟。然而，只因遁入空門，情緣皆應捨離，相遇不能言語，擦肩只得嘆息，折煞此生多少夢幻！

佛門倉央，因修行戒律而不得想望人間情愛，初遇、擦肩、眼神流轉、心有靈犀……都只如繁花開落，執取不得。但那情竇初開的時刻，如此曖昧而美麗，教人如何能不波濤洶湧攪動凡心呢。

其三十七

真愛是在尋找靈魂伴侶，互相索求也互相施予，這樣兩人才能都圓滿。這首詩，修辭淡然，但傷感深切。聚散兩依依，真愛終需道別離。今生的佛門倉央有太多的遺憾無法訴說，留戀也只能深埋胸口。遙遠的來世，倉央依然轉世乘願再來[21]，依稀今日的法相；而伊人生死兩茫茫，不知是否仍在六道輪迴，或者已然超脫，能否記起倉央今日的臉龐？倉央如此超越來世今生的深情，讀詩人無不愀然[22]動容。

其四十

「第一最好不相見，如此便可不相戀。第二最好不相知，如此便可不

---

[20] 妳：此詩倉央或許在回憶14歲情竇初開時，與貴族女子達瓦卓瑪的眼神交流，他們一個是貴族女子，一個是轉世活佛，縱使在街市有緣相遇，亦不得互通款曲。參見林玥，《一代詩僧倉央嘉措》，臺北，野人文化，2013，頁61。

[21] 乘願再來：乘願再來的菩薩，皆為法身大士之輩，倒駕慈航再來此娑婆界度眾生，能願力自在，弘法利生無礙，示現行化的佛菩薩於生死已得自在。

[22] 愀然：憂愁淒愴的樣子。愀音ㄑㄧㄠˇ。

相思。」此詩于道泉翻譯的現代詩形式較為膾炙人口[23]。如果今生未曾相見，我們就不會心生愛戀。如果今生未曾相知，我們就不會彼此相思。可是我們偏偏相見了，成就了此世的熱戀；可是我們偏偏相知了，因此日日夜夜獨枕相思。不是不想相見相知，只是怕最終總要道別離，一來相見容易別時難，二來漫漫日夜相思苦。佛門不容倉央相思煎熬，所以莫不如從來不曾相遇相知。

這首詩以明白如月的詩句，寫出了一種又想耽溺繾綣，又想止息捨離的兩難心緒；讓我歡喜讓我憂的心理轉折，寫出愛與不愛間，我心千萬難的矛盾與悖論。

其四十六

潔白、明亮的圓月照亮我心，一如瑪姬阿米白淨的臉龐。聖城拉薩高山雪域的月，光亮、圓潤而顯得神聖。這大自然的景物無私地遍照人間，如此莊嚴肅穆又純潔美麗。

傳說二十歲左右，倉央曾有一名唱藏戲的女主角情人，名喚瑪姬阿米，因緣際會兩情相悅，倉央便常化身貴族男子宕桑，夜遊拉薩八廓街的黃色小酒館，與情人相會[24]。如果真有，那麼圓月照亮心房，映現出情人白淨的模樣，即是民歌人同此心的觸景生情。但這也是一個無法證實的傳說。何況活佛達賴六世倉央的詩將傳誦於藏民百姓，是否能無所顧慮地將情人真名寫進詩中呢？

「瑪姬」藏語的意思是未生或未染，解讀為聖潔、無暇、純真；

---

[23] 膾炙人口：倉央此詩是藏文，翻譯成漢語只有四句，于道泉翻譯的現代詩形式膾炙人口。因為2006年桐樺發表的穿越小說《步步驚心》結尾，引用于道泉翻譯的倉央這首無題詩，深受大眾喜愛。其後，讀者白衣悠藍添寫而成《十誡詩》，隨劇熱播而廣為傳誦。

[24] 情人相會：參見注13。

「阿米」是媽媽、母親的意思。在藏族人的審美觀中，母親是女性美的化身，母親身上濃縮了女人內外在所有的美。因此「瑪姬阿米」的意思是：聖潔的母親、純潔的少女、未嫁的姑娘或可引申爲美麗的夢。

藏傳佛教屬於大乘佛法，學佛的根本目的在於「普渡眾生」，即把所有生命看作沒有區別的、值得悲憫和慈愛的對象。一切眾生如父母，這是一個基本的佛學理念。年輕的倉央看到東山升起的皎潔月亮，心中升起像明月光輝一樣廣大無限的慈悲情懷，於是，「母親般的眾生」（如母眾生）形象，清晰地浮現在年輕活佛的腦海。所以，把「瑪姬阿米」翻譯爲「情人」還是翻譯爲「如母眾生」，是認識和理解倉央的一個分水嶺[25]。在聖僧和情癡之間，在道詩與情詩之間，在不負如來不負卿之間，讀詩人對倉央的體會，如人飲水，見仁見智。

其五十六

「夢裡不知身是客，一晌貪歡」，但東方既白，窗外人雪紛飛，倉央與情人匆匆別後，快步趕回宮殿；回望來時路，皚皚白雪覆育著高山雪域的萬眾生靈。

就任憑雪地腳印一路邐迤吧，倉央決心暴露他的眞性情，他是最離經叛道的僧侶，也是最溫厚眞誠的情郎；他是雪域最威赫的王，也是拉薩最瀟灑的漢子宕桑。他佛學功力足以辯經，他見識經歷足以攝政[26]，他謙讓退位過，他拼命爭取過[27]，但大佛、高僧、西藏的政教命脈種種，依然重

---

[25] 理解倉央的一個分水嶺：此處對於倉央所寫瑪姬阿米詩，究竟應解爲道詩或是解爲情詩，參考自〈還原一個清晰眞實的倉央嘉措〉，智悲佛網，www.zhibeifw.com/wap/r.php?id=2094&t=1.

[26] 辯經及攝政：倉央18歲時高超的辯經及攝政能力，參見林玥，《一代詩僧倉央嘉措》，臺北，野人文化，2013，頁106、113。

[27] 謙讓退位與拼命爭取：倉央20歲時因故自責，曾要求還俗，亦即退讓六世達賴之位，否則，他將面對寺廟自殺以明志，以此拼命爭取他的自由。參見注19。

重駝負在他的肉身。這次，倉央終於決定不動聲色，勇往直前地去反叛全世界了。

核心素養

「核心素養」意指「一個人爲適應現在生活及未來挑戰，所應具備的知識、能力與態度。」；「核心素養之表達與溝通」意指具備理解及使用語言、文字、藝術等各種符號進行表達、溝通及互動，並能了解與同理他人，應用在日常生活及工作上。具備問題理解、思辨分析、推理批判的系統思考素養，並能行動與反思，以有效處理人際關係與解決生活、生命問題。

倉央詩歌原文的題目用的是「古魯」，而非「雜魯」——在藏語裡，「雜魯」特指情歌，而「古魯」的含義則是泛指詩歌，甚至有「道歌」[28]（含勸誡意義的宗教詩）的意思。描寫愛情的詩歌，在確信爲倉央所作的詩歌總數中所占的比例並不大。

但倉央所寫的情歌清新優美且樸直動人，在民間廣爲傳誦[29]。藏人雖多是虔誠的佛教徒，可是他們最感親切的達賴，據說竟是這位唯一在布達拉宮不被承認沒有設靈塔的倉央。他們之所以如此喜愛這位年僅24歲就遭到罷黜而殞逝的喇嘛，就因爲倉央情詩傳達了人們對人生的憂惱與熱愛。這首詩委婉曲致地道出這一曠世詩僧，他的離經叛道、他的行雲流水：

---

[28] 道歌：關於倉央詩歌是屬道歌或屬情歌，見仁見智，爭議不斷。參見王豔茹，〈關於倉央嘉措詩作道歌與情歌之辨〉，西藏民族學院思想政治教育學院，《西藏民族學院學報（哲學社會科學版）》，2010年4期（2010/07/04），頁49-71。

[29] 民間廣爲傳誦：倉央藏文詩歌流傳約有六十餘首，有的以口頭形式流傳，有的以手抄本問世，有的以木刻本印出，足見流傳之廣，藏族讀者喜愛之深。中文譯本海內外至少有10種，國外有英、法、日、俄等文字譯本。

曾慮多情損梵行，入山又恐別傾城。

世間安得雙全法，不負如來不負卿！[30]

生命誠可貴，愛情價更高，若為自由故，兩者皆可拋。只可惜，倉央還是沒能爭取到愛情或自由，貼身喇嘛、情人，皆因他的牽連而死，哲蚌寺武僧都為他浴血戰爭，即便倉央活佛自身，都因悲憫無辜眾生而放棄抵抗了，連生命都捐殞於清海湖。只留下曠世詩僧的名與詩，供後人唏噓憑弔。

在我們的生命裡，不管是家庭、學校、職場或社交，在在需要自我與他者之間高情商的表達與溝通；倉央貴為轉世活佛、雪域政教合一的威赫大王，佛學功力深厚、政教領導力深受藏民推崇，卻也很人性化地希冀著靈魂伴侶；在高潔聖僧和溫柔情人之間，在自我情欲與藏民蒼生之間，在道詩與情詩之間不斷地流動擺盪著，卻都能有合宜的修為、深刻的愛戀與憐憫的照拂；佛教哲理、愛情禮讚，以及以芸芸藏民為己任的胸懷，在佛詩與情詩中情深意摯地流淌著。他的表達如此直白而真切，讓藏民以及所有愛智、愛詩的人們，不斷地傳抄與讀誦。曠世詩僧的表達力與影響力如此深入人心，他的哲理、愛與仁心，不管是哪一種翻譯或是哪一種岐論，都能打通心輪地啓動又深又廣的共鳴、迴響與溝通。「可憐身是眼中人」，讀詩人悅讀倉央，對於佛學哲理、權利政爭、黎民眾生、江山美人……自能心領神會，拈花微笑。

近年傳誦深廣的朱哲琴〈信徒〉歌詞[31]，靈感也來自倉央，可作為倉央詩歌的延伸閱讀：

---

[30] 不負如來不負卿：此首倉央無題詩，取自曾緘《六世達賴情歌六十六首》漢譯。

[31] 朱哲琴〈信徒〉歌詞：出自唱片《央金瑪》。

那一天
我閉目在經殿的香霧中
驀然聽見，你頌經中的真言
那一月
我搖動所有的經筒
不為超度，只為觸摸你的指尖
那一年
磕長頭匍匐在山路
不為覲見，只為貼著你的溫暖
那一世
轉山轉水轉佛塔
不為修來世，只為途中與你相見
那一刻
我升起風馬，不為祈福
只為守候你的到來
那一瞬
我飄然成仙，不為求長生
只願保佑你平安的笑顏
那一夜
我聽了一宿梵歌，不為參悟
只為尋你的一絲氣息
那一日
我壘起瑪尼堆，不為修德
只為投下心湖的石子
只是，在那一夜

我忘卻了所有
拋卻了信仰，捨棄了輪迴
只為，那曾在佛前哭泣的玫瑰
早已失去舊日的光澤

分組討論報告單

系別：　　　　　　報告者姓名：

學號：　　　　　　組員簽名：

議題：禁忌之戀，往往能誕生出最美的愛情故事，令世人唏
　　　噓。你認為禁忌之戀是什麼？請舉文藝名著說明之。

成果：

素養學習單

系別：　　　　　　姓名：

學號：　　　　　　日期：

題目：如果你是倉央嘉措，你必須面臨修道、西藏國家的安危以及愛情的抉擇，你將如何取捨？為什麼？

習作：

髒話練習曲

作者 / 沈宗霖

 課文

　　長居男宿，經常有些鏗鏘的字眼夾在語句如砲彈轟隆隆地穿過我的耳朵，炸不了我，炸不了我，因為我已經習慣了，我習慣聽髒話。

　　男孩子都應該罵髒話，K是這樣告訴我的。球隊隊長，男子氣概從透氣輕薄的球衣球褲中不停散放，混揉汗水味道，統領球隊如率兵出征，髒話是軍令是軍歌，不得不聽，不得不講，每罵一句賀爾蒙就增加一毫，大夥男兒就多敬你三分。我反駁，我說我是男的，但不會罵髒話。於是他說我是娘炮，娘炮娘炮，他拚命說，句尾還要墊著厚厚的髒話，彷彿這樣，娘炮這兩個字才不會弄髒他高貴的舌根。

　　於是我對鏡子練習說髒話。一字經三字經，最長拖了十六字。嘴歪斜，頭抬高，出口剎那要大方自然，不能存有道德感，禮義廉恥全要忘。眼神含箭，要夠利夠殺，罵人時和髒話一起射向箭靶，中了靶心，得分，人人奉你男子漢，你高興，你不是娘

炮,繼續罵,好比阿彌陀佛梵音[1]喃喃,念了就能降魔除妖。

在鏡子前彆扭地練習髒話,念著念著,我想起我阿爸。

阿爸也是說髒話的。從阿公、大伯到阿爸每個都說了一口流利的髒話。小時候我對此驚訝非常,阿公講髒話,露出檳榔紅牙,口齒不清嘴邊有泡;大伯講髒話,語調太柔,溫文儒雅,殺氣在他溫馴的臉上融化;阿爸才是正港的男子漢,他的髒話最嚇人最粗鄙最沒有道德感,祖宗八代進階到九代十代,連別人家裡的小狗小貓都可以順便叫罵。捲頭花衫,藍白拖抖腳喀喀響,髒話配著檳榔香菸細嚼細嚼,阿爸說他是正港的臺灣男子漢。

阿母說聽到阿爸講髒話要把耳朵摀起來,可是阿爸每一句彷彿都帶著髒話,猙獰的表情和繁複的手勢穿插話題。阿公也是,每一字和著檳榔紅渣噴出來,地板瞬間如兇殺現場。大家感覺情緒都好激昂,髒話天天講,每天有人該死,死法不停換;每天有人該打,打法千百樣。漸漸我也分不清哪句乾淨哪句髒,我一直摀著耳朵,大人的話我都聽不到。紅燈等太久,被燈泡電到,客廳蚊子多,阿爸都要說髒話;清明中秋大過年,髒話變成吉祥話,越說越痛快,日子越平安。

鄰居的男孩也會罵髒話,捉迷藏被鬼抓到,糖果賣完,腳踏車落鏈,他們都罵,嘴裡缺了幾根牙,罵得漏風,口水牽絲;外省小孩,臺語不輪轉,北京、上海話混著罵,大家聽不懂就笑,笑也減不去他們的銳氣一絲一毫。只有我,不會罵,怎麼罵都罵不好,阿母說罵髒話不好,我有聽進去;阿爸每天照三餐罵,我也有偷學,兩者折衝之下讓我結結巴巴。他們最後不和我玩,說

---

[1] 梵音:即梵唄(ㄅㄞˋ)佛教作法事讚頌歌詠的聲音。

我講話太娘，去和女孩子玩芭比娃娃，我哭，我覺得和鄰居的男孩們差異甚大。

　　到了大學還是一樣。男宿走廊一步一髒話，車子被偷便當難吃颱風不放假都要罵，從現實聲音到網誌文字都塞滿邋遢的髒話，男生話裡總是有縫就插，插的不是大規模沉默就是銳利的髒話。一字三字五字在你的耳朵纏繞停駐留縈，我想到底有什麼好罵，為何我就不罵，大多數的女孩也不罵。阿爸有天喝醉酒也對著小狗旺福說髒話，踹牠的屁股要牠滾出去流浪，阿母衝向阿爸，也朝他痛罵，一個一個顫抖的髒話在空氣裡被阿爸的嘴臭打散，阿母像我一樣，把髒話輕輕擺在句子不小心就會落掉。抱歉抱歉，阿母說，她不該罵髒話，我說我知道，阿母和阿爸不要吵架，我有摀耳朵，什麼該聽該學，我都知道。

　　大人也是說髒話的，何況乳臭未乾的大學少男。

　　我對著鏡子刷牙，薄荷泡沫含在嘴裡咕嚕吐掉，我還是男孩，雖然我不說髒話。鏡子裡的我不夠有男子氣概，罵髒話像讀一首徐志摩的詩篇，我尷尬，我結巴，我決定不講，不勉強捶男人胸膛顯得義氣昂揚，不刻意蓄鬍強調我是正宗男子漢，我不說髒話，道德平凡偶爾使壞，飲食起居一切正常。

　　K對我說髒話，聲音裡髒話像路邊的口香糖，我視而不見繞道避開；又像地雷炸我耳朵，轟隆轟隆，但我的聽力依舊發達，不受影響。罵髒話是義氣，是團結的口號，K強調，他說話的時候喉結滑動了幾下，閃閃發亮，全身肌肉突起來支持他把髒話說完。我點頭，我微笑，心裡知道髒話是男生溝通的樞紐，啟動它就能展開一扇門，進入男孩子封閉羞澀脆如玻璃的心房。一字二字三字都是《聖經》，唸出來彷彿就置身教堂，大家信仰相同宗

教縈繞相同氣調，稱兄道弟，世界和平。髒話是句子連接詞，是標點符號，逗點句點驚嘆號，轉折語氣煞話題，對有些人來說確實必要。

我知道世界上有許多話比髒話更壞，髒話只是湯面浮的幾片蔥花，有人嫌棄有人愛它；扭曲的謠言和謊話像硫酸，一出口就能造成永久傷害難以癒好；諂媚和拍馬屁則像黏膩的方糖，說出來讓螞蟻欣賞，卻讓別人成為精神的糖尿病患。我不罵髒話，但我尊重髒話，我打好領帶對鏡子笑，K打著赤膊對我說你好帥；我們都是男孩，各捧各的《辭海》，各有各的語調，相親相愛，友情從眼神裡展開。

說與不說

作者／蔡蕙如

🖋 課文作者

沈宗霖，筆名神神。西元1990年生，新北市人，畢業於國立成功大學中國文學系。曾獲第39屆成大鳳凰樹文學獎新詩、散文、小說、劇本四項首獎。作品入選《九歌100年散文選》、《幼獅文藝》。著有〈髒話練習曲〉、〈記憶床墊〉、〈無語觀世音〉、〈母啼〉、〈憂鬱自述〉等，是位新生代作家。

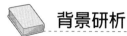

背景研析

　　〈髒話練習曲〉收錄於《九歌100年散文選》[2]一書。主要敘述作者長居男生宿舍中，已經習慣聽髒話。再加上自己的同學和親友經常於不同的情境下的使用髒話，或欲展現男子氣概、或口頭禪、或情緒的表達。在此氛圍下他也開始嘗試去練習講髒話，然而說得結巴，後來決定不講了。雖然作者自知髒話是男生溝通的樞紐，啟動它可以進入男孩子封閉的心房。作者仍以一種不勉強、不刻意去說髒話，反而以尊重的態度去面對它，並引導出每個人各有其語彙辭典，認為真正的交誼並不在於說不說髒話，乃在於眼神的交流。

　　本文採取以第一人稱敘事觀點來書寫。以「我」為核心，對外透過「講髒話」一事，繫聯出周遭的人際網絡，分別有自己的同儕、阿爸、阿公、阿母以及鄰居男孩等，他們對講髒話的語調及神態。對內則是自我審視對「講髒話」一事心態與觀感。因此，從宿舍同學球隊隊長K君「男孩子都應該罵髒話。」開啟作者對「講髒話」一事的思索觀察。透過外在周遭的氛圍及內在思維的反思交織成整篇的脈絡。最後在自己面對「說與不說」兩難下，找出一條屬於自己面對講髒話的方式與態度，整體佈局條理有序。

　　全文鮮明的人物樣態，以「說髒話」的神態來傳遞。如：阿公說髒話時露出檳榔紅牙，口齒不清，而且嘴邊還冒泡；至於大伯語調太柔和而顯得溫文儒雅；阿爸講得最粗鄙，最沒有道德，任何事情都可琅琅上口；媽媽則是面對父親氣到句句顫抖地說著。甚至連鄰居的孩童也是經常罵髒話，即便是紅燈等太久、被燈泡電到、客廳蚊子多、捉迷藏被鬼抓到、糖果賣完、腳踏車落鏈等等也都可以罵髒話。個個描繪地活靈活現。相對

---

[2]　鍾怡雯主編，《九歌100年散文選》，九歌出版社有限公司，2012.03.01。本文由作者一次性授權給主編王淳美所主持之「悠遊文海・筆耕心田」計畫，提供「中文閱讀與表達」課程之授課所用。

地，自己說起髒話的樣態是「結結巴巴，又似念徐志摩的詩句」「娘炮」「講話太娘」；同學K君說起髒話「如砲彈轟隆隆」，是「軍令」，是「軍歌」，「每罵一句賀爾蒙就增加一毫，大夥男兒就多敬你三分。」如此，在形象上成了強烈的「柔弱」和「強悍」的對比。

核心素養

「罵髒話象徵是男子氣概；不講是娘炮」似乎用說髒話來辨別性別。在文中把罵髒話視為一種氣勢的展現，如「一字經三字經，最長拖了十六字。嘴歪斜，頭抬高，出口剎那要大方自然，不能存有道德感，禮義廉恥全要忘。眼神含箭，要夠利夠殺，罵人時和髒話一起射向箭靶，中了靶心，得分，人人奉你男子漢。」它得配合眼神、臉部表情、神態及丟棄道德意識，如此才能強而有力地產生效果，具有侵略性，足以震懾他人。

關於說髒話，有學者研究其文化現象。據Ruth Wajnrybnjni所言，髒話的圖像是個同心圓，有地心、地表以及圍繞其外的大氣層：「最裡面那層，那就是地心，是由髒話本身組成，這字詞約有一打——幹、尻、屎、尿、嬲、天殺的和屁股，再加上該死、地獄、屁、大便和屌。……第二圈，也就是地表，我喜歡用不定詞來想這些言辭行為——咒罵、詛咒、侮辱、強調、說粗話、說猥褻字眼、瀆神等等。……最外面這一圈，也就是大氣層，便是使用的脈絡，有了它，我們選用的字詞才終能有意義。外圈由廣泛的達成領域組成：清滌作用、侵略性以及社交關連，……這三種領域的界線並非斬釘截鐵，而是可以相互滲透。[3]」從這裡，我們可以發現當地心「髒話」透過地表的言辭行為「咒罵、詛咒、侮辱、強調、說粗話、說猥褻字眼、瀆神」，使用在對象上則產生了「洗滌作用、侵略性以

---

3 露絲‧韋津利著，嚴韻譯，《髒話文化史》，麥田出版，臺北，2006.3，頁54-55。

及社交關連」。

　　日常生活中或許我們周遭也經常碰到講髒話的環境，面對這樣的情境，無論我們接受與否，作者提出一個值得學習思索的方向，即是一種不同的視角來看待它，認為「它是男生內心是解溝通的樞紐，也是句子連接詞，是標點符號，逗點句點驚嘆號，轉折語氣煞話題，對有些人來說確實必要。」因此以一種尊重他人說的權利，而自己不喜歡說，也不刻意說的態度來面對。

　　尤其，文末提及「世界上有許多話比髒話更壞」的是「謠言謊言」及「諂媚阿諛」的話語。那種「侵蝕影響到人內心深處的傷害是難以痊癒的話語」與「髒話只是湯面浮的幾片蔥花，有人嫌棄有人愛它」相較之下，兩者所形成的影響，孰輕孰重，更引人省思。

分組討論報告單

系別：　　　　　　報告者姓名：

學號：　　　　　　組員簽名：

議題：日人山崎勇藏曾言「罵話是弱者的武器，是種悲鳴，無力量堂堂抗敵的弱者被逼出的罵話，連發出罵話強有力，是剎那陶醉自己，是種悲傷的武器是可笑的悲鳴。」[4]而在本文作者所提出一般人對「講髒話」認為是「要表達男子氣概」，關於這樣不一樣的看法，你個人對講髒話一事觀感如何？

成果：

---

[4] 蘇維熊，〈性と台灣俚諺に就いて〉，《民俗台灣.5》（日文版），南天書局，1945，頁1。

素養學習單

系別：　　　　　　姓名：

學號：　　　　　　日期：

題目：試寫出在日常生活有哪些事物，經常在「既定成俗」的
　　　情況下與性別劃上等號？

習作：

接外孫賈母惜孤女

作者／清·曹雪芹

 課文

　　黛玉進入榮府，下了車，只見一條大甬路[1]，直接出大門來。眾嬤嬤[2]引著，便往東轉灣[3]，走過一座東西穿堂[4]，向南大廳之後，儀門[5]內大院落。上面五間大正房，兩邊廂房鹿頂耳門[6]鑽山，四通八達，軒昂壯麗，比各處不同。黛玉便知這方是正內室。進入堂屋[7]，抬頭迎面先見一個赤金九龍青地大匾，匾上寫著斗大三箇[8]字是「榮禧堂」。後有一行小字：「某年月日書賜榮國公賈源」，又有「萬幾宸翰」[9]之寶。大紫檀雕螭案上設

1　甬路：通道、走道。甬：ㄩㄥˇ，兩旁有牆壁遮蔽的通道。
2　嬤嬤：ㄇㄚ·ㄇㄚ，有三義：(1)對母親的稱呼。(2)對奶媽的尊稱。(3)對老婦的通稱。
3　轉灣：形容道路曲折。
4　穿堂：溝通前後院落，供人穿行的廳房。前後有門可通，亦可在此設座宴客。
5　儀門：官署的旁門。
6　鹿頂：指東西房和南北房連接轉角的地方。耳門：正門兩旁的小門，或稱為「耳門子」。
7　堂屋：院落房屋的正房。常為祭拜神明祖先，或宴客集會的地方。
8　箇：ㄍㄜˋ，「個」的異體字。
9　萬幾宸翰：政務繁多的帝王所著的辭文作品。萬幾：常指國家元首治理的政務

著三尺多高青綠古銅鼎，懸著待漏[10]隨朝墨龍大畫。一邊是鏨金
彝[11]，一邊是玻璃盆，地下兩溜[12]十六張楠木[13]圈椅。又有一副對
聯，乃是烏木[14]聯牌，鑲著鏨金字跡，道是：

座上珠璣[15]昭日月，堂前黼黻[16]煥煙霞。

下面一行小字是：「世教[17]弟勳襲東安郡王穆蒔拜手書。」

　　原來王夫人[18]時常居坐宴息也不在這正室中，只在東邊的三
間耳房[19]內。於是嬤嬤們引黛玉進東房門來。臨窗大炕[20]上鋪著
猩紅洋毯，正面設著大紅金錢蟒引枕[21]，秋香色金錢蟒大條褥。
兩邊設一對梅花式洋漆小几：左邊几上擺著文王鼎，鼎傍匙箸

　　繁多，亦作「萬機」。宸翰：帝王的辭文作品，或稱為「宸章」、「宸藻」。
[10] 待漏：古代群臣聽漏刻入朝，後比喻將入朝時。
[11] 鏨金彝：鏨ㄗㄢˋ，動詞，鐫刻、雕鏨。彝：ㄧˊ，古代盛酒的器具或宗廟常
　　 用的祭器。
[12] 溜：ㄌㄧㄡˋ，行列。
[13] 楠木：材質堅密，是珍貴的建築材料，可供造船用。
[14] 烏木：質硬而重的黑色木材，材質烏黑堅實，有光澤，可用來製造精緻的器具
　　 和工藝品，亦稱為「黑檀木」。
[15] 珠璣：ㄓㄨ ㄐㄧ。珠，圓的珠。璣，不圓的珠。珠璣指珠玉、寶石；比喻優
　　 美的詩文。
[16] 黼黻：ㄈㄨˇ ㄈㄨˊ，衣裳繪繡的花紋；比喻文章。
[17] 世教：社會的教化，一般皆指儒教。
[18] 王夫人：賈寶玉之母，賈政之妻，榮國府掌權管事的家長之一。生下長子賈珠
　　 （早夭），娶李紈。王夫人生下長女賈元春，元春入宮成為皇妃。生下次子賈
　　 寶玉，成為《紅樓夢》中的主角。王夫人本性仁厚，為人庸懦，是一個毫無主
　　 見的人；名義上雖督理家務，實際卻委之於王熙鳳，十分溺愛縱容寶玉。
[19] 耳房：正房兩旁的小屋。
[20] 炕：ㄎㄤˋ，大陸北方地區各地用磚或泥坯在屋裡砌成的臥榻。下有孔道，與
　　 煙囪相通，可生火取暖。
[21] 引枕：一種可以用來休息、倚靠的圓枕。

香盒；右邊几上擺著汝窰[22]美人觚[23]，裡面插著時鮮花草。地下面，西一溜四張大椅，都搭著銀紅撒花椅搭[24]，底下四副腳踏；兩邊又有一對高几，几上茗碗瓶花俱備，其餘陳設不必細說。

老嬤嬤讓黛玉上炕坐。炕沿上卻也有兩箇錦褥對設。黛玉度其位次，便不上炕，只就東邊椅上坐了。本房的丫鬟忙捧上茶來，黛玉一面吃了，打量這些丫鬟們粧飾衣裙，舉止行動，果與別家不同。

茶未吃了，只見一個穿紅綾襖青紬[25]掐牙背心的一個丫鬟走來笑道：「太太說，請林姑娘到那邊坐罷。」老嬤嬤聽了，于是又引黛玉出來，到了東南三間小正房內。正面炕上橫設一張炕桌，上面堆著書籍茶具，靠東壁面西設著半舊的青緞靠背引枕。王夫人卻坐在西邊下首，亦是半舊青緞靠背坐褥，見黛玉來了，便往東讓。黛玉心中料定這是賈政之位，因見挨炕一溜三張椅子上，也搭著半舊的彈花椅袱[26]，黛玉便向椅上坐了。王夫人再三讓他上炕，他方挨王夫人坐下。王夫人因說：「你舅舅今日齋戒[27]去了，再見罷。只是有句話囑咐你：你三個姐妹倒都極好，以後一處念書認字，學鍼線，或偶一頑笑，卻都有個儘讓的。我

---

[22] 汝窰：ㄖㄨˇ ㄧㄠˊ，宋河南汝州所造的瓷器。其釉色以淡青為主，器身通體有極細的紋片。

[23] 觚：ㄍㄨ，古代盛酒的器具，具有八個稜角。

[24] 椅搭：即椅披，披在椅背上作為裝飾的彩帛。多用大紅綢緞等布料製成，亦有繡花，與椅墊、桌巾成套者。

[25] 襖：ㄠˇ，襖的俗體，可禦寒且有襯裡的短上衣。紬：ㄔㄡˊ，絲織品的通稱，通「綢」。

[26] 椅袱：用綿、鍛之類做成的椅子套。

[27] 齋戒：在祭祀或舉行重要典禮之前，沐浴更衣，不飲酒，不吃葷，夫妻不同房，嚴守戒律，以示虔誠莊敬。

就只一件不放心：我有一個孽根禍胎，是家裡的『混世魔王』，今日因往廟裡還願[28]去，尚未回來，晚上你看見就知道了。你以後總不用理會他，你這些姐姐妹妹都不敢沾惹他的。」

黛玉素聞母親說過：「有個內姪，乃啣玉而生[29]，頑劣異常，不喜讀書，最喜在內幃廝混，外祖母又溺愛，無人敢管。」今見王夫人所說，便知是這位表兄，一面陪笑道：「舅母所說，可是啣玉而生的？在家時記得母親常說，這位哥哥比我大一歲，小名就叫寶玉，性雖憨頑，說待姊妹們卻是極好的。況我來了，自然和姊妹們一處，弟兄們是另院別房，豈有沾惹之理？」王夫人笑道：「你不知道原故。他和別人不同，自幼因老太太疼愛，原係和姐妹們一處嬌養慣了的。若姐妹們不理他，他倒還安靜些；若一日姐妹們和他多說了一句話，他心上一喜，便生出許多事來，所以囑咐你別理會他。他嘴裡一時甜言蜜語，一時有天沒日，瘋瘋傻傻，只休信他！」

黛玉一一的都答應著，忽見一個丫鬟來說：「老太太那裡傳晚飯了。」王夫人忙攜了黛玉出後房門，由後廊往西出了角

---

28 還願：同還願。求神以後，得遂所願，就照當初的許諾來謝神，稱為「還願」。

29 《紅樓夢》第一回「甄士隱夢幻識通靈」文中有言：「作者自云曾歷過一番夢幻之後，故將真事隱去，而借『通靈』說此《石頭記》一書也，故曰『甄士隱』云云。此石頭即是『無才補天』被女媧棄於青埂峰下的那塊頑石。」曹雪芹藉神話緣起，讓寶玉出生時啣玉而生的玉，便是「通靈寶玉」，象徵那塊頑石的幻相。至於這塊重要信物的外形，則「大如雀卵，燦若明霞，瑩潤如酥，五色花紋纏護。」（參看第八回　賈寶玉奇緣識金鎖　薛寶釵巧合識通靈）

門[30]，是一條南北甬路，南邊是倒座[31]三間小小抱廈廳[32]，北邊立著一個粉油大影壁[33]，後有一個半大門，小小一所房屋。王夫人笑指向黛玉道：「這是你鳳姐姐[34]的屋子，回來你好往這裡找他去。少什麼東西，只管和他說就是了。」這院門上也有幾個繫總角[35]的小廝[36]，都垂手侍立。

　　王夫人遂攜黛玉穿過一箇東西穿堂，便是賈母[37]的後院了。于是進入後房門，已有許多人在此伺候，見王夫人來，方安設桌椅。賈珠之妻李氏[38]捧盃，熙鳳安筯，王夫人進羹。賈母正面榻上獨坐，兩旁四張空椅。熙鳳忙拉黛玉在左邊第一張椅子上坐

---

30 角門：在正門左右的側門。

31 倒座：倒座房，又稱倒坐房。在中國傳統建築中，與正房相對、坐南朝北的房子，因此又稱南房。

32 抱廈廳：中國古代的一種建築形式。在大房的前或者後面，加建的一種與大房相連屬的小房子；而建有這種小房子的房屋，就稱為「抱廈房」。

33 鳳姐的院門前出現影壁，實際上是為了擋住對面倒座抱廈廳的門。至於影壁與倒座抱廈廳之間的距離，其實很近。

34 鳳姐姐：王熙鳳，小名鳳姐兒，混號鳳辣子。王夫人的內侄女，賈璉之妻。生了一雙丹鳳三角眼，兩彎柳葉吊梢眉，身量苗條，體格風騷，性情好強狠辣、慧黠詼諧。善於理財持家、曲意承歡、粉飾太平。榮國府在其治理下，井然有序；但其為人陰險，工於心計，因而不得善終。

35 總角：ㄗㄨㄥˇ　ㄐㄩㄝˊ，比喻童年。舊時未成年男女，編紮頭髮，形如兩角，稱為「總角」，故用以指未成年的男女。

36 小廝：供人使喚的僮僕。廝，ㄙ。

37 賈母：榮國府賈代善之妻，又稱史太君。鬢髮如銀，兒孫滿堂。這位「老祖宗」可說是賈府榮、寧二府的精神領袖，雖已不管家務，平日不過帶著兒孫享清福，但卻是偌大一個賈府的中心人物。為人存心忠厚，憐老惜貧，樂善好施，處事精明幹練，威重令行。

38 賈珠之妻李氏：李紈，字宮裁，別號稻香老農。原籍金陵，嫁與早夭的賈珠為妻。青春守寡，默默撫養賈蘭長大成人。性格樸實厚道，凡事不斤斤計較，頗受眾人敬重，可謂「女子無才便是德」的典型人格，與王熙鳳的潑辣精幹形成對比。賈蘭中舉第一百三十名，可告慰李紈安分守節之辛苦。

下，黛玉十分推讓。賈母笑道：「你舅母和嫂子們是不在這裡吃飯的，你是客，原該這麼坐。」黛玉方告了坐[39]，就坐了。賈母命王夫人也坐了，迎春姊妹三個告了坐方上來；迎春[40]坐右手第一，探春[41]左第二，惜春[42]右第二。旁邊丫鬟執著拂塵漱盂巾帕，李紈鳳姐立于案旁佈讓。外間伺候的媳婦丫鬟雖多，卻連一聲咳嗽不聞。飯畢，各各有丫鬟用小茶盤捧上茶來。當日林家教女以惜福養身，每飯後必過片時方吃茶，不傷脾胃。今黛玉見了這裡許多規矩不似家中，也只得隨和些。接了茶，又有人捧過漱盂來，黛玉也漱了口，又盥手畢，然後又捧上茶來，這方是吃的茶。

　　賈母便說：「你們去罷，讓我們自在說說話兒。」王夫人遂起身，又說了兩句閒話兒，方引李、鳳二人去了。賈母因問黛玉念何書，黛玉道：「剛念了《四書》。」黛玉又問姊妹們讀何書？賈母道：「讀什麼書！不過認幾個字罷了。」一語未了，只聽外面一陣腳步響，丫鬟進來報道：「寶玉來了！」黛玉心想：「這個寶玉不知是怎樣個憊懶[43]人呢？」及至進來一看，卻是位

39　告坐：謝坐。
40　迎春：別號菱洲。榮國府賈赦之女，庶出，排行第二。性情誠厚怕事，庸懦柔弱，嫁給酗酒好賭的孫紹祖，竟至折磨而死，結局悽慘。
41　探春：別號蕉下客。榮國府賈政之女，庶出，排行第三。為人事理分明，精明幹練，不亞於鳳姐，頗受人敬愛。從她在大觀園發起「海棠詩社」看來，才氣天賦、頗有雅興；然而其生母趙姨娘惹人嫌厭，致使探春一直抬不起頭來。後來遠嫁海疆周統制的兒子，算是「金陵十二釵」中較幸福下場者。
42　惜春：別號藕榭，寧國府賈敬之女、賈珍之妹，排行第四。天性孤僻，不喜與人親近。所做最出色的一件事，便是畫出大觀園圖。在經歷幾件不幸事故後，萌生出世念頭，最後皈依三清道教。
43　憊懶：懶散、刁頑。

青年公子。頭上戴著束髮嵌寶紫金冠[44]，齊眉勒著二龍戲珠金抹額[45]，一件二色金百蝶穿花大紅箭袖[46]，束著五彩絲攢[47]花結長穗宮縧[48]，外罩石青起花八團倭緞排穗褂[49]，登著青緞粉底小朝靴[50]。面若中秋之月，色如春曉之花，鬢[51]若刀裁，眉如墨畫，鼻如懸梦，晴若秋波。雖怒時而似笑，即瞋視而有情。項上金螭瓔絡[52]，又有一根五色絲縧，繫著一塊美玉。

黛玉一見便吃一大驚，心中想道：「好生奇怪！倒像在那裡見過的？何等眼熟！」只見這寶玉向賈母請了安，賈母便命：「去見你娘來。」即轉身去了。一回再來時，已換了冠帶。頭上週圍一轉的短髮，都結成小辮，紅絲結束，共攢至頂中胎髮，總編一根大辮，黑亮如漆。從頂至稍，一串四顆大珠，用金八寶墜

---

44 束髮嵌寶紫金冠：嵌，ㄑㄧㄢ，把東西填入空隙。束髮金冠：一種古代的冠。以金纍絲造，下加額子，左右插長雉羽。冠，ㄍㄨㄢ。
45 抹額：ㄇㄛˋ ㄜˊ，繫綁在額頭上的布巾。
46 箭袖：在窄窄的袖口上，再接出一個半圓形的「袖頭」，形如馬蹄，俗稱「馬蹄袖」。北方天氣寒冷，為防寒護手所用。亦是古代射士所穿的一種緊袖服裝，袖端去其下半，僅能覆手，以便於射箭的袖子。由於清廷早期不廢騎射，因而將箭袖用於禮服，成為清代男服的典型製式。
47 攢：ㄘㄨㄢˊ，簇聚。
48 縧：ㄊㄠ，條的或體，用絲編成的繩帶。
49 石青起花八團倭緞排穗褂：此乃清朝貴族的一種典型禮服。石青：石青色。八團：衣面上緙絲或繡成的八個彩團圖案。八團的位置是：前後胸各一、左右角各一、前後襟各二；因「八團」突出衣面，故云「起花」。倭緞：原係日本製造，後來漳州、泉州等地仿照日本織法所製成的緞子也稱「倭緞」，倭緞在當時只被貴族使用，與平民無緣。排穗：指衣服下緣排綴之穗狀流蘇。
50 青緞粉底小朝靴：是一種黑色緞子面，白色靴底的方頭長筒靴子。青緞：即黑色光緞。粉底：指靴底塗有白色的塗料。
51 鬢：鬢的異體字。
52 金螭瓔絡：螭，ㄔ，中國古代傳說中的動物，外形似龍而無角，建築或工藝品上常用此形狀做為裝飾。瓔絡，ㄧㄥ ㄌㄨㄛˋ，以珠玉綴成的裝飾品。

腳[53]。身上穿著銀紅撒花半舊大襖，仍舊帶著項圈、寶玉、寄名鎖[54]、護身符等物；下面半露松綠撒花綾褲，錦邊彈墨韈[55]，厚底大紅鞋。越顯得面如傅粉，唇若施脂，轉盼多情，語言若笑。天然一段[56]風韻，全在眉稍；平生萬種情思，悉堆眼角。看其外貌，最是極好，卻難知其底細。後人有《西江月》二詞，批的極確。詞曰：

無故尋愁覓恨，有時似傻如狂。縱然生得好皮囊，腹內原來草莽。

潦倒不通庶務，愚頑怕讀文章。行為偏僻性乖張，那管世人誹謗？

又曰：

富貴不知樂業，貧窮難耐淒涼。可憐辜負好時光，於國於家無望。

天下無能第一，古今不肖無雙。寄言紈袴與膏粱[57]：莫效此兒形狀！

---

[53] 金八寶墜腳：金八寶：黃金飾物上嵌各色珍珠寶石，泛稱「八寶」。墜腳：掛在器物末端，作為裝飾的小東西；亦稱為「墜子」。

[54] 寄名鎖：鎖，鎖的俗體。寄名鎖，特指寄名的長命鎖。所謂寄名或記名，就是小孩出生後，擔心其夭折，便選擇多子女的父母為寄父或寄母，亦有寄名於神佛與僧尼，以求神明護佑。寄名之後，便將長命鎖與寄名符掛在孩子脖子上。

[55] 錦邊彈墨韈：一種絲襪，襪筒口是鑲繡織錦邊口，襪子上有墨色絲線橫織其間的高級用品。韈，ㄨㄚˋ，襪的或體。

[56] 段：ㄐㄧㄚˇ，借、借助，今通作假。

[57] 紈袴與膏粱：紈袴：細絹製成的褲子，後多用來指不求上進的富家子弟。膏粱：肥肉與美穀，指精美的食物；比喻富貴人家或生活奢靡的人。

卻說賈母見他進來，笑道：「外客沒見，就脫了衣裳了？還不去見你妹妹呢。」寶玉早已看見了一個嬝嬝婷婷的女兒，便料定是林姑媽之女，忙來見禮。歸了坐，細看時，真是與眾各別。只見：

兩彎似蹙非蹙罨煙眉[58]，一雙似喜非喜含情目。態生兩靨之愁，嬌襲一身之病[59]。淚光點點，嬌喘微微。閒靜似嬌花照水，行動如弱柳扶風。心較比干多一竅[60]，病如西子勝三分[61]。

寶玉看罷，笑道：「這個妹妹，我曾見過的。」賈母笑道：「又胡說了，你何曾見過？」寶玉笑道：「雖沒見過，卻看著面善，心裡倒像是遠別重逢的一般。」賈母笑道：「好，好！這麼更相和睦了。」

寶玉便走向黛玉身邊坐下，又細細打諒一番，因問：「妹妹可曾讀書？」黛玉道：「不曾讀書，只上了一年學，些須認得幾個字。」寶玉又道：「妹妹尊名？」黛玉便說了名。寶玉又

---

[58] 罨煙眉：根據考證應作「胃煙眉」：形容眉色好看，像一縷輕煙。胃，ㄩㄩㄢˋ，動詞：懸掛、糾結。諸版本或作「罨」。參考清朝怡親王府原抄本《脂硯齋重評石頭記》（後簡稱「己卯本」）。

[59] 「態生」二句：意指面渦含愁，生出一番嫵媚；體弱多病，因而增添嬌妍。靨，一ㄝˋ，面頰上的微渦。襲：繼；由……而生。

[60] 比干：商代紂王的諸父，官為少師，因勸諫觸怒紂王而被處以剖心而死。《史記・殷本紀》：「乃強諫紂。紂怒曰：『吾聞聖人心有七竅。』剖比干觀其心。」七竅：兩眼、兩耳、兩鼻孔及口；七竅通達意謂聰明。意指黛玉的心還不止七竅，極言其聰明。

[61] 西子：即西施，春秋時越國的美女。越王句踐為復國雪恥，將她訓練三年後，獻給好色的吳王夫差。相傳西施心痛時「捧心而顰」，模樣很美。意指多病的黛玉美如西施，尤勝過她。

道：「表字？」黛玉道：「無字。」寶玉笑道：「我送妹妹一字，莫若『顰顰』[62]二字，極妙！」探春便道：「何處出典？」寶玉道：「《古今人物通考》上說：『西方有石名黛，可代畫眉之墨。』況這妹妹，眉尖若蹙[63]，取這個字，豈不美？」探春笑道：「只怕又是杜撰！」寶玉笑道：「除了《四書》，杜撰的也太多呢！」因又問黛玉：「可有玉沒有？」眾人都不解。黛玉便忖度著「因他有玉，所以纔問我的」，便答道：「我沒有玉，你那玉也是件稀罕物兒，豈能人人皆有？」

寶玉聽了，登時發作起狂病來，摘下那玉，就狠命摔去，罵道：「什麼罕物！人的高下不識，還說靈不靈呢！我也不要這勞什子[64]！」嚇的地下眾人一擁爭去拾玉。賈母急的摟了寶玉，道：「孽障！你生氣，要打罵人容易，何苦摔那命根子！」寶玉滿面淚痕，哭道：「家裡姐姐妹妹都沒有，單我有，我說沒趣兒；如今來了這個神仙似的妹妹也沒有，可知這不是個好東西。」賈母忙哄他道：「你這妹妹原有玉來著，因你姑媽去世時，捨不得你妹妹，無法可處，遂將他的玉帶了去：一則全殉葬之禮，盡你妹妹的孝心；二則你姑媽的陰靈兒[65]也可權作見了你妹妹了。因此，他說沒有，也是不便自己誇張的意思啊。你還不好生帶上，仔細你娘知道！」說著，便向丫鬟手中接來，親與他帶上。寶玉聽如此說，想了一想，也就不生別論。

當下奶娘來問黛玉房舍。賈母便說：「將寶玉挪出來，同

---

[62] 顰：ㄆㄧㄣˊ，皺著眉頭，憂愁不樂的樣子。
[63] 蹙：ㄑㄧˋ，憂傷、悲傷。
[64] 勞什子：ㄌㄠˊ ㄕˊ ˙ㄗ，惹人討厭的東西。
[65] 陰灵兒：人死後的靈魂。灵，ㄌㄧㄥˊ，靈的俗體。

我在套間[66]煖閣裡，把林姑娘暫且安置在碧紗廚[67]裡。等過了殘冬，春天再給他們收拾房屋，另作一番安置罷。」寶玉道：「好祖宗！我就在碧紗廚外的床上很妥當，又何必出來鬧的老祖宗不得安靜呢？」賈母想一想，説：「也罷了。」每人一個奶娘並一個丫頭照管，餘者在外間上夜聽喚。一面早有熙鳳命人送了一頂藕合色花帳並錦被緞褥之類。

黛玉只帶了兩個人來：一個是自己的奶娘王嬷嬷，一個是十歲的小丫頭，名喚雪雁。賈母見雪雁甚小，一團孩氣，王嬷嬷又極老，料黛玉皆不遂心，將自己身邊一個二等小丫頭，名喚鸚哥的，與了黛玉。亦如迎春等一般：每人除自幼乳母外，另有四個教引嬷嬷；除貼身掌管釵釧盥沐兩個丫頭外，另有四五個洒掃房屋來往使役的小丫頭。

當下王嬷嬷與鸚哥陪侍黛玉在碧紗廚內，寶玉乳母李嬷嬷並大丫頭名喚襲人的陪侍在外面大床上。原來這襲人亦是賈母之婢，本名蕊珠。賈母因溺愛寶玉，恐寶玉之婢不中使，素日蕊珠心地純良，遂與寶玉。寶玉因知他本姓花，又曾見舊人詩句有「花氣襲人」之句，遂回明賈母，即把蕊珠更名襲人。

卻說襲人倒有些癡處：伏侍賈母時，心中只有賈母；如今跟了寶玉，心中又只有寶玉了。只因寶玉性情乖僻，每每規諫，見寶玉不聽，心中著實憂鬱。是晚，寶玉李嬷嬷已睡了。他見裡面黛玉、鸚哥猶未安歇，他自卸了妝，悄悄的進來，笑問：「姑娘

---

[66] 套間：與正房兩側相通的房間，一般比較窄小，沒有直通外面的門。

[67] 碧紗廚：正規的寫法是「碧紗櫥」，乃清代建築安裝於室內的隔扇，起分隔空間的作用。在隔扇上可繪製花鳥草蟲、人物故事等精美繪畫或題寫詩詞歌賦，裝飾性極強。

怎麼還不安歇？」黛玉忙笑讓：「姐姐請坐。」襲人在床沿上坐了。鸚哥笑道：「林姑娘在這裡傷心，自己淌眼抹淚的說：『今兒纔來了，就惹出你們哥兒的病來。倘或摔壞了那玉，豈不是因我之過？』所以傷心。我好容易勸好了。」襲人道：「姑娘快別這麼著！將來只怕比這更奇怪的笑話兒還有呢。若爲他這種行狀，你多心傷感，只怕你還傷感不了呢。快別多心！」黛玉道：「姐姐們說的，我記著就是了。」又敘了一回，方纔安歇。

　　次早起來，省過賈母，因往王夫人處來。正直[68]王夫人與熙鳳在一處拆金陵來的書信，又有王夫人之兄嫂處遣來的兩個媳婦兒來說話的。雖黛玉不知原委，探春等卻曉得是議論金陵城中居住的薛家姨母之子—表兄薛蟠[69]，倚財仗勢打死人命，現在應天府[70]案下審理。如今母舅王子騰得了信，遣人來告訴這邊，意欲喚取進京之意。畢竟怎的，下回分解。

---

[68] 直：通值。

[69] 薛蟠：薛寶釵之兄，因其母過於寵愛而養成放蕩、驕縱的脾氣，後來還犯罪入獄。蟠，ㄆㄢˊ。

[70] 應天府：宋代以宋州為應天府，建於南京，金改稱為歸德府，故治在今河南省商丘縣南。明太祖定都於此，即今之南京。

寄人籬下的孤女心聲

作者／王淳美

✎ 課文作者

　　曹雪芹，生年無確切材料可考，約生於清聖祖康熙54年，卒於清高宗乾隆28年（1715-1763）左右。名霑，字夢阮，號雪芹、芹圃、芹溪。其祖原是漢人，祖籍豐潤，後遷遼陽，入滿洲八旗[71]之正白旗，屬內務府包衣。[72]曾祖曹璽、祖曹寅、父曹頫先後擔任江寧織造[73]，為康熙親信。當康熙南巡時，曾辦過四次以上的接駕闊差。清世宗雍正5年（1727），曹頫因為不理政事、虧空銀兩得罪，落職抄家，曹家就此遷居北京；乾隆時又遭巨變，家道因而衰敗。

　　曹雪芹工詩善畫、多才多藝，早年生於極富貴之家，享盡繁華富麗生活，擁有文學與美術的遺傳與環境，常與一班八旗名士往來。中年後居北京西郊，落魄不得志，故流為一種嗜酒狂狷的生活，常貧至「舉家食粥酒常賒」，靠著賣畫與親友的接濟過日子。《紅樓夢》是雪芹於破產敗家後，在貧困中的創作，寫書年代約為乾隆初年至乾隆30年（1765）左右。在晚年困頓生活中，雪芹再遭喪子之痛，加上窮愁潦倒，終於悲傷成疾，落寞而卒。死後靠一二好友將之埋葬，遺稿無人綜理，致使《紅樓夢》只

---

71 滿洲八旗：滿清時戶口的編制，以正黃、正白、正紅、正藍、鑲黃、鑲白、鑲紅、鑲藍等八種來區別，分為滿洲八旗、蒙古八旗、漢軍八旗等三類。

72 包衣（booi）：是一句滿語，漢語譯為家奴、奴隸。早期的滿州貴族，軍官用包衣來耕種。入關後，包衣用來取代宦官的工作。後來包衣逐漸轉型，成為滿州貴族的大管家。

73 江寧織造：負責主管採辦皇室江南地區的絲綢，並監視南方各級地方官吏。

存八十回，餘皆散落。

歷來研究《紅樓夢》者，喜收羅諸多不相干的零碎史事來附會書中情節，進而模糊原創意旨，《紅樓夢》似是一部隱去眞實之作者自敍。書中之甄寶玉、賈寶玉，即是曹雪芹本人的化身，賈府即是當日曹家的縮影。曹雪芹在面對「樹倒猴猻散」之家族凋敝景象，不禁將其一生所聞所感，集畢生精力進行嚴肅的創作，因而得以爲中國古典小說留下偉大貢獻。

關於《紅樓夢》後四十回的作者，一般都承認是漢軍鑲黃旗人高鶚所作。高鶚，生於清高宗乾隆3年，卒於清仁宗嘉慶20年（1738-1815），字蘭墅，別號「紅樓外史」。目前一般比較贊同的觀點是：後四十回是高鶚在程偉元收集的續本的基礎上，編輯補寫而成，並非全部由高鶚續作。但程偉元歷年所收集的《紅樓夢》續本，是否就是曹雪芹原稿呢？目前尚無定論。

《紅樓夢》一書最初只有八十回的抄本，至清・乾隆56年（1791）始完成一百二十回本，由程偉元用木活字排印問世（胡適命名爲程甲本）。由於《紅樓夢》版本極多，可概分爲兩個系統：一是以抄本形式流傳之八十回本，此類抄本由於距曹雪芹寫作年代較近，一般認爲較接近原稿。另一非抄本系統本子多已擴充爲一百二十回，其中最重要者乃程偉元於乾隆57年會同高鶚詳加校閱、改正初印「程甲本」繆誤，而以木活字排印之「程乙本」；本文所選版本即爲青石山莊影印古本小說叢書之七程乙本《紅樓夢》。

 ## 背景研析

本文節選自曹雪芹《紅樓夢》第三回「托內兄如海薦西賓　接外孫賈母惜孤女」的後半回。本文描述林黛玉在母親賈敏、父親林如海相繼身故後，被外祖母收留，初進榮國府時，第一次與表哥——傳說中的「混世魔王」賈寶玉相見的情形。兩人皆有似曾相識的感覺，而此緣分乃來自女媧

補天神話所鋪陳的前世因果。

《紅樓夢》最初名為《石頭記》，根據第一回「甄士隱夢幻識通靈 賈雨村風塵懷閨秀」文中所載：「空空道人因空見色，由色生情，傳情入 色，自色悟空，遂改名情僧；改石頭記為情僧錄。東魯孔梅溪題曰風月寶 鑑。後因曹雪芹於悼紅軒中披閱十載，增刪五次，纂成目錄，分出章回， 又題曰金陵十二釵。[74]」《紅樓夢》藉著無才補天、被女媧棄於大荒山無 稽崖青埂峰下的頑石，幻形入世、歷劫紅塵，而後悟道度脫，引登彼岸的 象徵，描述一個以賈寶玉、林黛玉、薛寶釵為主的愛情與家族悲劇。此三 角關係的轉振點，乃賈寶玉在「失心瘋」的病態下，賈府為了沖喜，設計 讓寶玉與假冒林妹妹的寶釵成婚。在薛寶釵出閨成大禮時，林黛玉焚稿斷 癡情、魂歸離恨天。最後寶玉在與姪兒賈蘭考完科舉後，離家出走，後來 放榜時寶玉高中第七名舉人；然而寶玉卻已悟道、了卻塵緣出家為僧。在 雪地拜別父親賈政後，隨一僧一道歸彼大荒山，落得一片白茫茫大地真乾 淨。本書通過賈府[75]由繁華而散盡的過程，對傳統貴族家庭與人情有很深 刻的描寫。

《紅樓夢》的藝術結構極其龐大，故事情節真正開始於第三回，林 黛玉投靠榮國府與寶玉見面之後。前十八回主要介紹賈府人物面面觀，第 十九回至第四十回寫寶玉、黛玉愛情之蘊釀過程與彼此之了解與默許； 四十一回至七十回轉向描述更廣闊之社會層面，寶、黛戀情之曲折發展，

---

[74] 《紅樓夢》第五回：「賈寶玉神遊太虛境 警幻仙子演紅樓夢」，描述寶玉至 秦可卿的臥房午覺，夢中進入太虛幻境，在警幻仙子的引領下，看到〈金陵 十二釵正〉，隨後在太虛幻境女子演唱的《紅樓夢》十二支仙曲中，對應到 該十二位女子的命運。金陵十二釵的排序如下：薛寶釵、林黛玉、賈元春、賈 探春、史湘雲、妙玉、賈迎春、賈惜春、王熙鳳、賈巧姐、李紈、秦可卿。金 陵：地名，即今南京市及江寧縣地。
[75] 賈府：由寧國府與榮國府所構成，兩府位於街的北側，坐北朝南開大門。兩府 相連，中有小巷隔斷。寧國公賈演的寧國府在東，榮國公賈源的榮國府在西； 《紅樓夢》的重點是榮國府。

以及來自家族之巨大阻力，同時也揭發賈府之重重衝突；七十一回至八十回寫賈府之衰敗。八十一回以後至尾聲，則由續作者補寫衝突之解決與人物結局。

　　本文節選自《紅樓夢》第三回後半段林黛玉被外祖母收養、初進榮國府時，藉由黛玉的視角描述榮國府的建築、廳堂的室內佈置與擺設、飲食喝茶的習慣，以及榮府上下的服飾穿著打扮、丫鬟嬤嬤們的規矩等，皆可見貴族豪門講究的氣派與風格品味。

　　寶玉、黛玉在第一次見面便已有「遠別重逢」的感覺，乃因前世結下的姻緣，根據《紅樓夢》第一回所述：當年這塊頑石，女媧未用來補天，便落得逍遙自在，到各處遊玩。一日，頑石來到太虛幻境，警幻仙子知他有些來歷，便留他在赤霞宮中，名他為赤霞宮神瑛侍者。他卻常在西方靈河岸上行走，看見那靈河岸上三生石畔有棵絳珠仙草，十分嬌娜可愛，遂日以甘露灌溉，絳珠草始得久延歲月。後來既受天地精華，復得甘露滋養，遂脫了草木之胎，幻化人形，僅修成女體，終日游於「離恨天」外，饑餐「秘情果」，渴飲「灌愁水」。只因絳珠草尚未酬報神瑛侍者灌溉之德，故甚至五內鬱結著一段纏綿不盡之意，常說：「自己受了他雨露之惠，我並無此水可還；他若下世為人，我也同去走一遭，但把我一生所有的眼淚還他，也還得過了！」後來頑石動了凡心，想下凡歷經人世，於是藉一僧一道──茫茫大士、渺渺真人之助，攜帶化為美玉的頑石入紅塵，便是寶玉的前世。至於黛玉的前身則是絳珠仙草，為還神瑛侍者的灌溉之德，跟著下凡歷劫，用眼淚償還頑石的雨露之恩。

核心素養

　　《紅樓夢》人物形象塑造生動成功，語言簡潔富表現力，情節架構龐大而綿密。在吸收前人創作技巧的基礎上，融鑄錘鍊成擁有大量研究者之巨著，因其成就得以橫跨國際，躋入世界文學寶庫之林；有關《紅樓夢》

的研究成果已經擴及海外，號曰「紅學」。《紅樓夢》人物眾多，上至皇親國戚，下至黎民黔首，出現的人物共有九百多位，其中有姓名者約有七百多位，呈現不同待人接物處世的技巧以及說話藝術，從各有特色的表達溝通方式可體察不同身分的人物所彰顯的人情世故。

《紅樓夢》兩位男女主角賈寶玉、林黛玉初遇於童年時，彼此即對對方產生「似曾相識」的驚異之感，一道起居於碧紗櫥內外，可謂青梅竹馬兩小無猜。日後由於相近的人生價值觀，在講究功名利祿的貴族官宦世家，兩人情志相投，進而產生在精神上緊繫的愛情。林黛玉是賈雨村所說的「夙慧」，賈寶玉則是冷子興所謂的「生來乖覺」，兩人之所以變成知己，乃由於前世種下的善緣與今生心靈的共鳴。在寶、黛的關係中，作者並不刻意強調黛玉的美貌，寶玉曾說黛玉像神仙，卻沒說她是美人。因為在現實生活享盡榮華富貴、被珠光寶氣胭脂花粉圍繞的寶玉，能引發其精神悸動的是超現實的美感。因而黛玉奇逸的文思才情、不慕榮利的超俗境界，對寶玉產生一種無可取代的引力；成為寶玉情感歸依的不是「豔冠群芳」的寶釵，而是「風露清愁」的黛玉，因為只有她才能使寶玉昇華與淨化於腐化的大觀園。

寶玉、黛玉的兩心相通，植基於共同具有叛逆、反傳統功名利祿的意識形態。代表賈府威權中心的賈政、賈母等長輩，自然希望寶玉能進入官場、光宗耀祖。與寶玉相熟的秦鍾、薛寶釵、花襲人，甚至包括史湘雲，都曾經勸寶玉勿貪戀胭脂，須留意仕途；唯有黛玉，不曾與寶玉說及那些「混帳話」。在充斥偽善道德假面的賈府中，寶、黛的人生價值觀，可謂超越世俗、自成一格。

寶、黛之間即使在很明朗的童年之愛中，黛玉也常感到被干擾和需要防範的痛苦，因為寶玉身邊經常圍繞眾多出色的女子。尤其象徵賈寶玉生命元神、來自青埂峰頑石幻象的「通靈寶玉」，更是數度引發衝突的焦點；例如在寶、黛初遇的場景，因為黛玉沒有佩玉，便引發寶玉摔玉的風波。之後薛寶釵以其美豔體態、溫和貞靜的豁達大度，身配「金鎖」進住

賈府而贏得眾人好感時，更加深黛玉的無力感，使她神經越發敏銳。寶玉配帶「通靈寶玉」，薛寶釵戴著金鎖片，史湘雲也有金麒麟；因而賈府上下一直盛傳「金玉良緣」之說，然而身為孤女前來依親的黛玉，卻沒什麼金玉之器可與之抗衡，因此常向寶玉找碴，甚至引來一身心病。尤其「通靈寶玉」正面刻有「莫失莫忘，仙壽恆昌」八字，恰與寶釵那珠寶晶瑩、黃金燦爛的纓絡鎖片項鍊鑴刻、由癩頭和尚送的「不離不棄，芳齡永繼」兩句吉讖相吻合，更時常引發黛玉的疑懼。在「父母之命、媒妁之言」的婚姻制度下，巧合天成的信物往往帶有婚配命定的暗寓力量。

　　由於黛玉之死，確立《紅樓夢》的悲劇主題。黛玉因為戀愛失敗而死，在賈府為寶玉選擇婚姻對象時，黛玉終究輸給寶釵，乃因其性格不被現實環境所接納。黛玉自幼體弱，不能嚴格課讀，因而養成孤獨任性的性情，沒有受過一般標準閨範教養，加上聰明絕頂、性靈超俗，依親寄居於賈府，便成為爭強取勝的出眾者，同時在精神上也經常抵觸傳統社會所給予婦女的規範。結果就以其「工愁善病」的才情，將全部自我依附於與寶玉的情感上。結果就在聽聞「金玉良緣」夢魘成真時，脆弱的病體不堪一擊，「絳珠仙草」以癡心的情淚還報「神瑛侍者」後，絳珠草終於魂歸離恨天，以悲劇愛情償還寶、黛來自前世今生的宿緣。

分組討論報告單

系別：　　　　　報告者姓名：

學號：　　　　　組員簽名：

議題：對於曹雪芹將寶玉、黛玉的前世，依託於「被棄於青埂峰的頑石與絳珠仙草」，請討論有何感想與觀點？

成果：

素養學習單

系別：　　　　　　姓名：

學號：　　　　　　日期：

題目：在你的生活經驗中，是否曾經出現「似曾相識」的人、事、物？

習作：

竹藪中

作者／〔日本〕芥川龍之介

 課文

檢非違使¹盤問樵夫的供詞

是的不錯。那死屍確實是我發現的。今天我照常到後山去砍杉樹，就在山邊的竹叢中發現躺著那死屍。躺著的地方是嗎？那是離山科²的大路約四、五町³間隔遠的地方，是一個在竹叢中有交叉幾棵瘦長的杉樹、人跡稀少的地方。

死屍穿著淡藍色的水干⁴，戴著京式風格的烏紗帽，仰躺著。雖然說是只有一刀，但是刺傷的部位是在胸部，而死屍周圍

1　檢非違使（けびいし）：日本古代的官職，執掌警察和檢察的工作。檢非違使設立的時間大約是在52代嵯峨天皇執政的弘仁年間（810-824年）。在此之前的律令制—京城外城的治安由「左右衛門府」負責，行政監察、風俗取締由「彈正台」擔任，民事訴訟與司法裁判權由「刑部省」掌握。檢非違使最早乃出於其中的衛門府。
2　山科：地名，位於日本京都府京都市山科區。
3　町：幕府時代的度量單位，約一百公尺為一町。四、五町，亦即四、五百公尺
4　水干（すいかん）：日本古代衣服之一種，最早是下級官吏、地方武士、庶民的平常服。後來逐漸成為一部分公家的日常服裝，更成為武士之禮服，亦是一種狩獵時穿的衣服；本來用棉布織成，後來也用蠶絲織成。

的竹落葉看起來好像都被浸在紫紅色染料似的。不，血已經沒有流著，傷口好像也已乾掉了，加上，有一隻馬蠅緊貼在傷口上面，好像連我走路的聲音都沒有聽到。

有沒有看到大刀或者什麼東西是嗎？不，什麼都沒有。只是在旁邊的杉樹底下有一條繩子掉在那邊。還有，——對了，除了繩子以外還有一把梳子。在死屍旁邊的只有這兩樣東西，但是，周圍的草或竹子的落葉有一大片都被踐踏過，所以那漢子在被殺前，一定有過激烈的打鬥。什麼？有沒有看到馬？那兒是馬根本沒有辦法進去的地方。畢竟，跟馬經過的路是還隔著一大片竹叢。

檢非違使盤問行腳僧的供詞

那死屍的男子，我昨天的確碰到過。昨天的，——大概是中午時分吧。地點是在從關山到山科之間的途中。那男子和騎馬的女子是向關山的方向走過來。那女子垂著薄紗，所以我不知道她的臉長得怎麼樣，我只看到的是外面是紫紅色、裡子是藍色的衣衫的顏色。馬的毛是紅褐色的——看起來應該是法師髮[5]的馬。是的，高度嗎？高度大概有四寸長左右吧。因為我是一個沙門（出家人）[6]，所以關於那些事不能很確定。男子呢，——不，配帶著刀子，也攜帶著弓箭，尤其是黑漆的箭筒，插著有二十多

---

[5] 法師髮：當時的日本法師都留有長髮垂到肩膀上，與馬的背毛略同。

[6] 沙門：原為古印度宗教名詞，泛指所有出家、修行苦行、禁慾，以乞食為生的宗教人士，後為佛教所吸收，成為佛教男性出家眾（比丘）的代名詞，意義略同於和尚。

支戰箭，倒是現在也記得很清楚。

那個男子，會變成那種樣子，做夢也不會想到，真格的，人的性命簡直是如露水亦如閃電。[7]實在是，不知如何說起，真是很可憐的事情。

檢非違使審問放兔[8]的供詞

是問我逮捕的男子嗎？這的確是一個叫做多襄丸的惡名昭彰的大盜。不過當我抓到他的時候，大概是從馬上摔下來吧，在粟田口的石橋上，呻吟著。是問時刻嗎？時刻是昨天的初更時分。以前有過一次我沒有抓到他的時候，也穿著這個深藍色水干，也佩帶著一把有凸紋刀鞘的刀子。只是除了這些東西外，現在大家所看到的，甚至還帶有弓箭之類。是的！那死屍的男子所帶的也是，——那麼幹殺人的一定是這個多襄丸不會錯。裹皮的弓，黑漆的箭筒，十七支鷹羽毛的戰箭，——這些都是那個男子所帶的吧。是的，馬也是如你說法師髮的紅褐色毛的馬。要說被那個畜生摔落在地上，一定也是有什麼因緣吧。那馬在過石橋不遠的地方，拖拉著長長的韁繩，在吃著路邊的綠色芒草。

這個叫做多襄丸的傢伙，在京城中活動的盜賊之中，是一個好色的傢伙。去年秋天在鳥部寺的遺頭顱[9]的後山，似乎是來參

---

[7]　《金剛般若波羅蜜經》有云：「一切有為法，如夢幻泡影，如露亦如電，應作如是觀。」

[8]　放兔（ほうめん）：日本古代檢察官廳的下級官吏，常由服刑期滿的犯人擔任；做護送犯人、偵查的工作。

[9]　遺頭顱：置放死人骸骨的處所。

拜的女官[10]和一個女童一起被殺害，也是這個傢伙的所爲。如果是這個傢伙殺死了那個男子，騎在那紅褐色馬的女子也不知道被他在什麼地方怎樣弄掉了。雖然很冒昧，請大人把這一件事也一起偵查。

檢非違使查問老嫗的供詞

是的，那死屍是我的女兒所嫁的男子。但是，不是京城的人，是若狹地方官府的武士。名字叫做金澤武弘，年齡是二十六歲。不，因爲個性很溫柔，所以不可能招致怨恨。

女兒嗎？我女兒的名字叫做眞砂，年紀是十九。她的個性是很好勝，不輸給男人，除了武弘以外沒有其他的男人。臉的膚色稍微黑一些，是在左眼尾有一個黑痣的小瓜子臉。

武弘昨天跟我女兒一起動身到若狹去，沒有想到會變成這樣子，不知道是什麼因果。但是，不知女兒變成怎樣？即使女婿的事情我已死了心，對女兒的事情還是讓我很擔心。是我這老人的一輩子的拜託，無論如何困難，也請查尋女兒的下落。眞的可恨的是那個叫做什麼多襄丸的強盜，不但女婿，連女兒也………

（跟著泣不成聲，不再說話）

---

[10] 日本的宮廷及貴族府中有女官制度；隨著時代轉變，不同時代的女官職稱和職務均有變化。

多襄丸的自白

殺死那男子的，是我，但是我可沒有殺女的。那麼她到哪裡去了呢？

那我不曉得了。請吧，等一下。不管怎樣拷問我，不知道的事情就是不知道，沒有辦法回答吧。並且，我既然也已經落得這樣子了，也不想再做卑鄙的隱瞞。

我昨天過中午不久，遇到那一對夫妻。因為那時候剛好有一陣風把斗笠邊垂著的薄紗吹動了一下，所以我一剎那瞄到了女子的臉。那是一下子的事情——以為看到了的一瞬間，就不見了，也許是這個緣故吧，讓我把那女子的臉看成是女菩薩。我在那一瞬間，決心即使殺死那男子，也要奪取那女子。

什麼，要殺死男子，並沒有你們想像那麼困難。反正要奪取女子，男子就一定會被殺死。只是我要殺死時，是使用腰邊所佩戴的大刀，但是你們就不用刀了，只用權力來殺，用錢來殺，甚至會用表面上是為民除害其實是為私利的言詞來殺死。不錯，不會流血，男子確確實實是活著的——但是其實是殺死的。考量所做的罪孽的深重，是你們惡性較大呢？或者是我惡性較大，誰惡性比較大，誰曉得！（諷刺的微笑）

但是，即使不殺死男子也可以奪取女子的話，我也可以接受。不，那時候的心境是，決心儘可能不殺死男子而奪取那女子。但是，在那山科的大路上，是不可能那樣做的，因此我想出計策把那一對夫妻帶進山裡。

這個也是簡單不過的事。我先成為他們夫妻的旅伴，然後跟他們說在對面的山裡有一個古塚，我把古塚掘開一看，發現

裡面有很多鏡子、刀子等，我把這些東西偷偷地埋在山邊的竹叢林裡，如果有人想要買的話，都可以廉價賣給他們，——。那男子不知不覺中開始對我的話動起心來。然後呢，——怎樣？所謂欲望這個東西不是很可怕嗎？不到一小時內，那一對夫妻跟我一起，把馬首朝向山路走著。

　　我到達竹叢林的前面時告訴他們說，寶物是埋在這裡面，過來看看。男子對欲望的念頭心渴了吧，當然沒有話講。但是女子則不下馬，說是要在馬上等著。當然看到那茂密的竹叢，我也不能怪她這樣說。對我而言，老實說，他們已經掉入了我的陷阱，就把女子一個人留在那兒，跟男子走進了竹林裡。

　　竹叢林中起初有一段路只有竹子，但是走約半町[11]遠的地方，有稍微寬敞的杉樹群，——為了完成我的工作，沒有比這裡更恰當的地方。我一邊推開竹叢林說寶物就埋在杉樹的下面，我說了聽起來很像是真的謊話。男子聽我這麼一說，很快就拼命走向已經可以看到瘦長的杉樹的方向。不久到竹林較疏的地方，有幾支並排長著的杉樹，——我一到那地方，就出其不意把對方壓倒了。男子固然配帶有大刀，應該相當有力氣，但是突然遭到襲擊的時候也束手無策，很快就被我捆綁在杉樹根。是說繩子嗎？幸虧我是盜賊，不知道什麼時候需要翻牆，所以繩子隨時都帶在腰邊。當然為了防止他出聲音，就用竹落葉塞住他的嘴巴，其他就很簡單了。

　　當我把男子處理好了以後，這一次我又回到女子的地方，告訴她說男子好像得了急病，要她趕快過去看。當然不必說這情形

---

11 半町：亦即五十公尺。

也是如我所預料的，女子沒有戴上斗笠就被我拉著手進入了竹叢深處。但是一到那裡一看男子給捆綁在杉樹下，──一看到這個情形的剎那，不知道何時女子已從懷中取出，一閃拔出了刀身。有那麼強悍個性的女子，我從來未看過。如果那個時候怠慢不小心，一定一刀捅進小腹。不，即使躲開身子，那麼樣猛烈亂刀殺過來時，身上不知會遭受到怎樣的傷也未可知。但是我既然也是人稱多襄丸的大盜，無論如何沒有拔出大刀，到底還是把短刀打落了。即使是一個個性再強悍的女子，手上沒有武器時也無可奈何。最後如我所願沒有取男子的性命，也能夠獲得女子了。

即使沒有取男子的命，──是的。我並沒有想殺死男子的念頭。可是，當我把哭成淚人兒的女子丟在那兒後，想逃出竹林時，女子突然瘋狂似地纏住我的手腕，並且聽到的是她斷斷續續喊叫的聲音說：「你或者丈夫，兩人中的一個人要死，給兩個男人看到恥辱，比死還要難過。不，不管其中的哪一個，我要跟生存下來的那個男人一起過生活！」──上氣不接下氣地這樣說。我就在那個當兒猛然起了殺那男子的念頭。（陰鬱的興奮）

如果這樣稟告時，一定會覺得我是一個比各位殘酷的人。但是那是各位沒有看過那女子的臉，尤其是那一瞬間好像火燃燒著的眼睛。當我的視線和那女的視線相對時，我想即使被雷打死我也要娶這女子為妻子。娶她做妻子，──我的念頭裡有的，只有這一件事。這並不是像各位想的那一種卑鄙的色慾，如果那個時候除了色慾外沒有任何其他慾望時，即使踢倒那女的，我也一定會脫逃了。這樣，那男子也不必在我的大刀上染血了。但是在灰暗的竹叢林中，凝視那女的臉龐的那一剎那，我決心不殺死那男子，絕不離開那兒。

但是，要殺死那男子，我也不願意以卑鄙的方法來殺他。我解開了男子身上的繩子，叫他來比刀法。（掉在杉樹底下的繩子就是那時忘記丟掉的）。那男子怒沖沖地拔出了大刀，說時遲那時快，沒有開口就衝著我殺過來。——那交手的結果不必我再說，我的大刀在第二十三回合時貫穿了對方的胸部。是第二十三回合，——請記住。到現在我還是想，這件事是可讓我佩服的。在這天下之廣能夠跟我交手到二十三回合的只有那男子一人。（愉快的微笑）

　　我是在那男子倒下去的同時，提著沾滿血的刀子，回頭看那女子所在的方向。但是呢，——你以為如何，那女子已連影子都看不到了！究竟跑到哪裡去了？我在杉樹間到處找那女子。但是在竹落葉上一點兒痕跡都沒有。又豎耳靜聽，聽到的只有從那漢子喉嚨出來的斷氣前的聲音而已。

　　也許那女子在我們開始交手的時候，就很快地穿過竹林求助去了。——當我有這種念頭的時候，馬上想到，這樣的話接下來不就是我的命了？因此很快地奪取了大刀和弓矢，馬上就回到原來的山路。在那兒，那女子騎的馬兒還在吃草。以後的事情，講出來也是多餘的。只是在進京前，只有大刀已經放棄沒在手上了。——我的自白只有這樣。老早就想到，反正有一天會有梟首[12]掛在檸樹梢的日子，所以請您處我極刑吧。（昂然的態度）

---

[12] 梟首：古代的酷刑，殺人取頭懸掛在木桿上示眾。

到清水寺[13]的女子之懺悔

　　那穿深藍色水干的男子，把我強暴後，看著被綁著的丈夫嘲笑。我的丈夫一定很怨恨，但是怎麼樣掙扎都沒有用，越掙扎那綁住全身的繩子反而越緊緊繫入身子內。我自己不由得突然像栽跟頭[14]似地跑近丈夫的旁邊，不，是想跑去靠近。但是那男子一下子就把我踢倒在那兒，就在這個當兒我感覺到我的丈夫的眼中有著無限無法形容的光輝；就是無論如何都無法形容的，——我一想起那眼睛，身軀也不禁會發起抖來。連一句話都不會說出口的丈夫，在那一瞬間的眼中，傳達了他心中的一切。但是在那閃爍的眼神，不是憤怒也不是悲傷，——只有蔑視我的冷漠的眼光？我比給那男人踢倒更難受，不自覺地不知喊叫什麼，就這樣失去了意識。

　　不知多久，醒過來時，那穿著深藍色水干的男人，早已不知去向；剩下的只是在杉樹底下被綁著的丈夫。我好不容易才在竹落葉上撐起身子，看著丈夫的臉。但是丈夫眼睛裡的光彩跟剛才一點都沒有改變，仍然在冷漠的蔑視的深處，表露憎恨的眼光。恥辱、悲傷、憤怒——當時的心中，不知如何表達。我搖搖擺擺站起來，靠近了我的丈夫。

　　「相公，已經這樣了，我不可能再跟你在一起。我想一了百了立刻死掉，但是——請你也一起死吧。你看過了我的恥辱，我

---

[13] 清水寺（きよみずでら）：位於日本京都府京都市東山區清水的寺院，建於公元778年（寶龜9年），主要供奉千手觀音。1994年清水寺以身為古都京都的文化財產，列名至「世界文化遺產」中。

[14] 栽跟頭：跌倒、摔跤。

不能這樣留你一個人活著。」

　　我使出了我所有的力量，只說出了這些話。但是丈夫還是只以卑鄙的眼光注視著我。我忍住了幾乎要崩裂的心胸，想找出丈夫的大刀。但大概是被那盜賊奪走了吧，不只是大刀，連弓矢在竹叢中都找不到。幸虧還有短刀掉落在我的腳邊，我舉起了那短刀，再度向丈夫這樣說：「好吧，要你的命了，我也馬上跟隨你來。」

　　當丈夫聽到這話時，很吃力地動了嘴唇。當然嘴裡塞滿著竹子落葉，一點兒都說不出聲音。但是我看到那情形馬上領悟那話的意思。丈夫仍然蔑視了我而說了一句「殺吧！」我懵懵懂懂對著丈夫淡藍色的水干的胸部，把短刀插進去。

　　我這時大概又失去了意識吧。醒後看了一下周圍時，丈夫仍然被綁著、但已經斷氣了，一線夕陽從竹和杉樹交叉的天空落在那蒼白的臉上。我忍住著哭泣聲，解開死屍的繩子，然後，──然後我，我怎麼了？只有這個我已經無力再稟告了。無論如何，我再怎麼也沒有求死的力量了。嘗試過把短刀插進喉頭、投身山下的池塘、試做各種各類的事情，仍然死不了，現在還在這裡，總不能自鳴得意吧。（寂寞的微笑）像我這樣沒有用的人，連大慈大悲救苦救難的菩薩也不理睬了。但是殺了丈夫的我，被大盜賊強暴的我，究竟應該怎麼做才好呢？到底我，──我──突然激烈地抽泣）

鬼魂借靈媒之口的說詞

　　盜賊把妻子強暴後，在那兒坐下來，開始多方安慰妻子。

我當然無法開口，身子也被綁在杉樹底下。但是，在這期間我好幾次給妻子使眼色。不要信任這個男人講的話，不管講什麼都是騙人的——我想把那樣的意思傳達給妻子。——但是妻子悄然坐在矮竹的落葉上，一直看著膝蓋。那情景看起來不是專心在聽信盜賊講的話嗎？我為了忌妒，全身都發抖起來了。但是，盜賊一次又一次地，巧妙地進行著花言巧語。即使只是一次失身，夫妻之間再也不會破鏡重圓。與其跟那一種丈夫在一起，不如做我的妻子不是更好嗎？我自己是愛惜妳，才做出這樣不得已的事情，——盜賊最後大膽地連這樣的話都提出來。

聽盜賊這麼一說，妻子陶然把臉抬起，我從來沒有看過像當時那麼美麗的妻子。但是那美麗的妻子，在正被捆綁著的我的面前，怎麼樣回答那個盜賊？我即使徬徨在冥府中，每想到妻的回答時，不曾無憎惡怨恨的時候。——妻子確實這麼說。——「那麼請你帶我到任何地方去吧！」（長久的沈默）

妻子的罪惡不只是這樣。如果只是這樣，在這黑暗中，我也不會像現在這麼痛苦。但是妻子像做夢似的，被盜賊拉著手，要到竹叢外時，突然臉色變蒼白，指著杉樹下的我說：「請把那個人殺掉，只要那個人活著，我就不能跟你在一起。」——妻子像瘋狂了似的，這樣喊叫了好幾次。「把那個人殺掉。」——這一句話，到現在也像狂風一樣，硬要把我一直吹落下漆黑的深淵。一次也算數，曾經有過這樣讓人憎恨的話，從人的嘴裡出來過嗎？可有一次，有這麼樣詛咒的話，觸摸到人的耳朵嗎？——一次也算數，有這麼——（突然迸出嘲笑）聽到這樣的話時，連盜賊也啞然失色了。「把那個人殺掉！」——說著這樣的話時，妻子還緊緊地纏挽著盜賊的手腕。盜賊一直注視著妻子，不回答

要不要殺。——說時遲那時快，妻子給一腳踢倒在竹葉上，（再度迸出嘲笑）盜賊靜靜地把兩隻手腕交叉在胸前，回看著我說：「那個女人你要怎麼樣，要殺嗎？或者要救她，回答只要點頭就好，殺嗎？」——即使只有這一句話，我也願意饒恕盜賊的罪孽。（又是長久的沈默）妻子就在我猶豫不決時，不知喊了一聲什麼，飛快地朝著竹叢深處跑去。盜賊也一下子躍向她，但是好像連袖子都沒有抓到的樣子。我只像在看幻影似地看著這個情景。

盜賊在妻子逃走後，拿起大刀和弓箭，把我的繩子只切斷一處。「這下來是攸關我自己的事了！」——我記得當盜賊跑出到竹叢外不見人影時，這樣喃喃說。然後四處都平靜下來。不，還有不知誰在哭的聲音。我一邊解開繩子，一邊豎耳靜聽。但是注意聽那聲音時，發覺原來是自己的哭聲？（第三次，長久的沈默）

我好不容易從杉樹底下，撐起疲憊不堪的身子。在我的面前有一把妻子遺落下來的短刀閃閃在發光。我拿起那短刀，一刀插進胸部。有一塊帶腥味的東西湧上我的嘴裡，但是，一點兒都不覺得痛苦。只是胸部逐漸冰冷時，周圍變得更靜悄悄地。啊！是何等地寂靜。這山邊的竹叢的天空上，連一隻小鳥都不來叫，太陽只有在樹和竹子的末梢漂浮著寂寞的影子。影子——那也漸漸地變淡薄了。——杉樹或竹子已經都看不見了。我儘管倒臥在那兒，周圍的深深的寂靜籠罩著我。

就在那時，有人躡手躡腳走近我的旁邊。我想看那邊，但在我的周圍暮色已深。是誰？——那個誰用看不見的手把我胸膛上的短刀拔出來。在這同時我的嘴裡再一次湧出血來。我自從那時起永久沈入冥府的黑暗中。……

【日本大正10年（1921）12月】

「羅生門」事件

作者／王淳美

課文作者

芥川龍之介（あくたがわ りゅうのすけ），生於1892年3月1日（明治25年），卒於1927年7月24日（昭和2年），東京人，享年三十五歲。

由於生於辰年辰月辰日辰時而被命名為龍之助，後來嫌助字不雅，改為龍之介（助、介二字在日文發音相同）。生父新原敏三時年四十二歲，生母福時年三十二歲，所生下的兒子，依照日本的迷信，叫做大厄年之子。為祓除不祥，便以棄嬰的形式，認在生父店鋪工作的松村誠二郎為「撿養父」。生父敏三，當時在東京京橋區入船町及新宿各有牧場，經營牛乳業。生母福因為身體孱弱，在龍之介生後八個多月猝然發狂，此後一生都未治癒。生母的發狂給日後的龍之介在精神上產生極大影響，而自幼即長不曾享有溫柔的母愛與親情，也令他深感遺憾。

當龍之介的生母於1902年（明治35年）病故後，當時龍之介十一歲。由於生母娘家沒有子嗣，因而被送至住在本所區小泉町的舅父家養育。直到龍之介滿十二歲時，便正式入籍為舅父芥川道章的養子，易姓芥川。芥川家是一支綿延四百多年的士族，世代為德川家的茶道師傅，生活優裕；家中對文學、演戲、美術有濃厚興趣，頗具江戶文人之風雅。芥川道章當時擔任東京府的土木課長，退休後經營小銀行，是有名望的世家。芥川龍之介在養父的培育下，奠定其文學氣質。

芥川龍之介自幼文弱善感，而且神經質，然而天資穎慧，廣泛閱讀江戶文學與世界名著，對知識具有狂熱追索的求知慾。其寫作天分與對人生的關照，除了得自於天賦敏銳的洞察力與領悟力外，更來自大量閱讀課外

書籍，而非學校教育。芥川於大正2年（1913）7月畢業於第一高等學校，同年9月入東京帝國大學英國文學科就讀。日後師事夏目漱石，文風深受漱石影響；大正5年（1916）7月畢業於東京帝大，同年12月夏目漱石去世。1917年5月芥川出版第一本短篇小說集《羅生門》，書前便寫著「獻於夏目漱石老師之靈前」。在良師益友——包括菊池寬、久米正雄等一批文人所發起的「新思潮」同仁的相互切磋下，奠立芥川龍之介新銳作家的地位。

　　芥川的作品取材極廣，文體花樣繁多；作品內容兼有日本近代兩大文豪森鷗外的高踏明晰，與夏目漱石的低迴諷刺。由於其執著於藝術至上主義，因而文章務求富邏輯性與細緻綿密、無懈可擊。芥川的作品擁有廣大的讀者群，可謂鬼氣森然的天才作家，以短篇的文體雄霸大正文壇，代表作有《羅生門》、《地獄變》、《河童》、《齒輪》、《某傻子的一生》等。1927年由於深受神經衰弱失眠等疾病之苦，芥川安排好後事與遺書，選擇服食安眠藥以結束其悲苦與璀璨的一生。

　　芥川之自殺，給日本當時文壇以巨大衝擊，其戲劇性的生涯猶如三島由紀夫與川端康成。文壇人士惋惜其英年早逝，因而在其每年的忌日——7月24日，舉行「河童祭」，以示追思。此外，在菊池寬的提議下，自1935年（昭和10年）起設置「芥川龍之介獎」，以獎掖純文學的新進作家。同年也設置「直木獎」，獎勵已出書的大眾文學作家。

課文譯者

　　王風，生於1931年（日本昭和6年）11月24日，高雄市湖內區人。日治時期受日式教育至中學二年級，光復後一直繼續學習日本文學，至老不輟。國立臺南大學社會教育系畢業，歷任高雄市桃源國小、海埔國小、茄萣國小以及路竹國小校長等職位，65歲屆齡退休於路竹國小校長任內。曾任東方技術學院兼任講師、臺南市德光高中日文教師、社會學苑日文教師

等職。在身爲高雄中日交流協會圖書館會員時，熟讀館內藏書，尤擅長日本時代小說、作家專輯與教育理論等。晚年因病逝於2013年11月24日，享壽84歲。

 背景研析

　　〈藪の中〉（やぶのなか），譯作〈竹藪中〉，又譯爲〈藪之中〉、〈竹林中〉或〈竹林深處〉；是日本大正天皇時代（1912-1926）文壇代表作家芥川龍之介知名度最高的作品。藪，意爲竹叢；或雜事集多的地方。日文「藪の中」意爲「竹叢中物語」，亦即發生在竹叢深處的故事。

　　本篇短篇小說以一名武士在竹叢中「不知如何」被殺的事件爲敘事中心，藉由最早發現屍體的樵夫在衙門的供詞爲開端，接著各自鋪陳涉案相關人物——包括路過的行腳僧、衙吏、老嫗、被捕的強盜、武士之妻、武士的靈魂透過靈媒所做的供詞。然而涉案的七人以自我意志爲中心，陳述對自己有利的供詞，使案情呈現撲朔迷離、互相矛盾、各說各話的結果。芥川在文末並未指出兇手是誰？只留下一種懸疑的文學美感，供後人評論此種開放式的結局。

　　本文乃三十一歲的芥川龍之介於大正11年（1922）1月發表於《新潮》月刊的短篇小說。本文版本使用日文原著，委由精通日文的王風直譯而來。爲忠於鬼才作家芥川的原文風格，因而保留若干大正時期的官職名銜，以簡鍊貼切的譯文呈現芥川獨特的文學魅力。

　　本文的知名度得以躍上國際舞台，乃日本大導演黑澤明採取芥川龍之介〈羅生門〉短篇小說的背景，加上〈竹藪中〉的情節內容，將兩者結合改編爲黑白電影《羅生門》（*Rashomon*），將場景置放於平安時代（794-1192）。該片於1950年8月上映後轟動國際影壇，得到1951年威尼斯國際電影節金獅獎、義大利電影評論獎，以及奧斯卡榮譽獎（相當今日

的奧斯卡最佳外語片獎）。《羅生門》的備受好評，奠定黑澤明作爲電影導演巨匠的國際地位，片中暗喻日本在戰後道德敗壞、腐化淪落，以多元視角對人性有極深沉的探討與批判。由於受到黑澤明電影影響，因而華文地區便將「各說各話、真相不明」的情況，稱爲「羅生門」。

在日本近代文學史上，芥川龍之介是最初接受西洋短篇小說型態的作家。其每一篇作品的主題，都貫串著人性的孤獨與人生的寂寞；至於藝術表現手法與文體，則別開生面地運用多元體裁，例如書簡體、教條問答體、獨白體、講義體、議論體、考證體、話劇體、記錄體等多達近二十種型態。例如本文〈竹藪中〉即運用涉案七人的獨白體，貫串成一篇需要以邏輯推理去辯證思考的短篇小說。

在日本明治（1868-1912）、大正以前的文學，大抵以日本國民性爲基調，加入中國、印度等文學與思想特色，漸次混融而成。至明治、大正時期，接受西洋思潮與文學，取代中、印的影響，使日本文學隨著明治維新走上西化之路。芥川龍之介之於日本文學的獨特地位，一如愛倫坡之於美國、莫泊桑之於法國；雖然寫出如此新穎與風靡讀者的作品，卻從未被認可居於日本文學中的「主流」地位。此因芥川雖嫻熟於西歐短篇小說的形式與技巧，但其作品以取材自日本歷史小說最多，因而仍散發濃郁的日本風格。例如〈竹藪中〉乃取材自《今昔物語集》[15]卷二十九第二十三話「具妻行丹波國男　於大江山被縛第二十三」[16]裡的說話內容。再如〈羅

---

15 《今昔物語集》（こんじゃくものがたりしゅう）：日本平安時代末期的民間故事集，舊稱《宇治大納言物語》，相傳編者為源隆國，共31卷，故事一千餘則。全書共分天竺（印度）、震旦（中國）和本朝（日本）三部分，每個故事都是以「古時……」起頭，基本上收集來自天竺、中國、波斯、阿拉伯、希臘、羅馬等國的故事。芥川龍之介的百餘篇作品，大約有五分之一直接取材自《今昔物語》，包括〈羅生門〉、〈地獄變〉、〈鼻子〉、〈竹藪中〉、〈偷盜〉……等。
16 「具妻行丹波國男　於大江山被縛」：丹波國，日本幕府時代的地方名；意即與妻同行至丹波國的丈夫，途經大江山被綁的故事。

生門〉亦取材自《今昔物語集》「羅城門登上層見死人盜人第十八」[17]的部分情節，加上作者的想像予以完成。換言之，芥川以青年鮮活的創造力，植基於日本傳統文學精神，吸取西洋文學的結構技巧，融裁淬煉出獨特的文學風格。

 核心素養

「核心素養」意指「一個人為適應現在生活及未來挑戰，所應具備的知識、能力與態度。」本文的結構，以各自涉案的七人的獨白陳述，從各自的利益與角度敘述同一件事件；然而在人性的弔詭中，卻呈現不同的供詞與講述觀點，使案情呈現撲朔迷離的狀態。本文所具足的邏輯性與懸疑推理的趣味，實屬於西方重思辯的人文領域。芥川並不表示其想法或在文末出示答案，而形成「開放性」的結局，乃因其認為所有的真理都是相對的——根本無所謂的真理。正如同人類所認知的歷史，經由考古出土的文物與史官所記載者，也是一種相對的真實。絕對的真實有時很難被證明，甚至無法被認知。

〈竹藪中〉引人入勝的焦點，乃在於對人性深層的剖析與反諷，尤其在三個主要人物情志的瞬間轉換過程，可見人性的複雜與多變風貌。例如武士之妻在竹叢中意外遭強盜施暴後的情志轉折、心理動搖幡然變化的人格特質，極富戲劇性。強盜在偶然風吹過的一瞬間，見色起意，以智慧達成目的的過程，見證人性貪婪的本質。至於強盜在施暴前後的數度情志波動反應，耐人尋味。最後壓軸自白的武士，在目睹愛妻受辱後的心態，與

---

[17] 羅生門：在日文漢字中是中文「羅城門」之誤寫，原來的意義是「京城門」，指的是7世紀日本皇都所在平城京及平安京的都城的正門，後來日本皇室衰落，天災內亂頻仍，羅城門因年久失修，成為一個殘破不堪的城門，也正是〈羅生門〉小說的背景地點。「羅城門登上層見死人盜人」，意即登上羅城門，看到死屍與盜賊橫行的故事。

面對妻子極端的情志變化，痛徹心扉的結果，使武士寧可藉靈媒告白其乃出於自殺，以護衛身為丈夫的尊嚴。由此彰顯日本的武士道精神——為了護衛尊嚴、追尋理想而選擇犧牲的死亡美學，像似櫻花精神——璀璨美麗卻短暫存在的生命價值。至於看似旁襯人物的樵夫與行腳僧，也或許是案情的關鍵角色。比對七人的說詞，各自充滿「白色謊言」的矛盾。

在職場所需與日常生活有關表達溝通的技巧，除了要學習理解對方語彙所呈現的表面意思以外，有時還需進一步拆解隱藏在其語言、文字、圖像等所蘊藏的內心小劇場。面對不同人物的性格、職業與事件的屬性，使得理解與順暢的表達溝通成為一種技巧與智慧，如何看待種種羅生門事件，除了科學實證精神以外，更需一種心理學或邏輯學的剖析與推理。親眼所見不一定是真相，因而須學習更客觀審慎地看待人性萬象與社會百態。

分組討論報告單

系別： 報告者姓名：

學號： 組員簽名：

議題：請分別組成調查小組，分析所有涉案關係人的說詞，推
敲〈竹藪中〉武士之死的原因與過程？

成果：

素養學習單

系別：　　　　　　姓名：

學號：　　　　　　日期：

題目：閱讀〈竹藪中〉之後，請表達你對人性「各說各話」的
　　　經驗與觀察所得？

習作：

請沿虛線剪下

二、人文與倫理素養

詠荊軻

作者／東晉·陶淵明

 ## 課文

燕丹善養士，志在報強嬴[1]。招集百夫良[2]，歲暮得荊卿。

君子死知己，提劍出燕京；素驥[3]鳴廣陌，慷慨送我行。

雄髮指危冠[4]，猛氣衝長纓[5]。飲餞易水上，四座列群英。

漸離[6]擊悲筑[7]，宋意[8]唱高聲。蕭蕭哀風逝，淡淡寒波生。

商音更流涕，羽奏[9]壯士驚。心知去不歸，且有後世名。

---

[1] 強嬴：指強大的秦國。嬴：秦王之姓氏。

[2] 百夫良：能以一敵百的壯士。

[3] 素驥：白色的駿馬。

[4] 危冠：高冠。危：高。

[5] 纓：繫冠的絲繩。

[6] 漸離：高漸離，戰國時代燕國人，荊軻知交，善擊筑。以善於擊筑得近始皇，乃置鉛於筑中，乘隙扑擊始皇，不中，被殺。

[7] 悲筑：筑，ㄓㄨˊ（zhú），古代弦樂器名。此指筑音悲涼。

[8] 宋意：戰國時代燕國人，燕太子丹之門客。荊軻入秦行刺前，宋意曾與高漸離在易水岸邊擊筑而歌，為荊軻送行。

[9] 商音羽奏：即宮、商、角、徵、羽「五聲」中的商聲和羽聲。

登車何時顧[10]，飛蓋[11]入秦廷。凌厲越萬里，逶迤[12]過千城。
圖窮事自至，豪主正怔營[13]。惜哉劍術疏，奇功遂不成！
其人雖已沒，千載有餘情。

英雄無畏，雖敗猶榮

作者／施寬文

課文作者

　　陶淵明（365-427），字元亮，後更名潛，東晉潯陽柴桑（江西九
江）人。曾祖陶侃是東晉開國勳臣，封長沙郡公，餘蔭所及，陶淵明的祖
父與父親皆曾任職太守，但是因為父親早逝，年輕時家境即陷入貧困。
二十九歲時離家擔任江州祭酒，不久，由於「不堪吏職」而辭官。家居
五、六年後，於晉安帝隆安三年（399）至荊州擔任刺史桓玄之屬吏，兩
年後因為母喪辭職返家。安帝元興三年（404），劉裕起兵討伐篡位的桓
玄，陶淵明入其幕下為鎮軍參軍，義熙元年（405）八月出任彭澤令，時
年四十一，在官八十餘天即因不堪忍受官場之虛禮縟節，棄職返鄉。歸田
之初，生活尚稱小康，然而，義熙四年（408）六月，家遭祝融之厄，宅
宇財物焚盡無遺，從此生活困苦，不免饑寒，甚至乞食，但隱居之志不
變，先後拒絕了朝廷的徵召，與檀道濟的出仕勸說，繼續其隱居躬耕之生

---

[10] 何時顧：即「不回顧」之意。
[11] 飛蓋：蓋：車蓋。飛蓋指車行迅速如飛。
[12] 逶迤：蜿蜒曲折的樣子。
[13] 怔營：驚惶恐懼的樣子。

活，不戚戚[14]於貧賤，不汲汲[15]於富貴，直至南朝宋文帝元嘉四年冬天，在貧病中去世。

　　陶淵明詩歌之藝術特色向以語言平淡自然著稱，情韻醇厚，志趣高遠，富有理趣，蘇軾曾以「質而實綺，癯而實腴[16]」二語評許之。然而，其詩文並不見重於當世，逝世百餘年後，才由南朝梁昭明太子蕭統收集其遺文，區分編目，編定為《陶淵明集》八卷，並親自寫序，為其作傳。自唐宋以來，陶淵明的地位日益崇高，影響極其深遠。

 ## 背景研析

　　荊軻是戰國後期的衛國人，行遊燕國時成為燕太子丹的上卿。當時秦國不斷併滅、攻佔各諸侯國的領土，燕國局勢岌岌可危，燕太子丹於是想藉由刺殺秦王，使秦國因為新君即位而君臣相疑、上下極須磨合時，各國得有機會再行合縱以抗秦。燕王喜二十八年（前227），荊軻以燕國使者身份銜命入秦刺殺秦王政，結果任務失敗而犧牲，本事詳見《戰國策・燕策》與《史記・刺客列傳》。

　　荊軻刺殺秦王的事跡，歷代詩人多有歌詠，陶淵明〈詠荊軻〉則以古詩歌頌、惋惜其隻身深入秦廷，行刺失敗而被殺的英雄壯舉。惟此首詠史之作，元人劉履《選詩補注》以為是作於晉宋易代之際，因此深有寄託：「靖節憤宋武弒奪之變，思欲為晉求得如荊軻者往報焉，故為是詠。」然而，也有論者以為不必與時事強行比附、牽合鑿說，詩中只是歌頌荊軻任俠重義的精神，以及英烈無畏之氣概，詩人藉以表達對英雄的同情與仰慕

---

[14] 戚戚：憂慮恐懼的樣子。
[15] 汲汲：急切追求的樣子。
[16] 質而實綺，癯而實腴：質，質樸；綺，華麗。癯，ㄑㄩˊ（qú），瘦。腴，ㄩˊ（yú），豐滿。這是蘇軾對陶詩藝術特色的具體說明，指字句雖質樸而情思華茂，風格雖平淡而內涵豐滿。

之意。

　　陶淵明的詩歌，以中年歸隱後的田園之作最為知名，呈現其淡泊平和、高曠悠遠的心境，因此，一向予人超然世外的隱士印象。然而，晚年的陶淵明曾經回憶青年時期：「少時壯且厲，撫劍獨行遊。誰言行遊近？張掖至幽州。」（〈擬古〉九首之八）又：「憶我少壯時，無樂自欣豫。猛志逸四海，騫翮思遠翥[17]。」（〈雜詩〉十二首之五）從中可以窺知其志趣性格實有狂放豪邁之一面。此外，義熙十三年聞知劉裕北伐收復兩都，作詩云：「九域甫已一，逝將理舟輿。」（〈贈羊長史〉）對於國家統一的興奮之情，溢於言表，直欲動身遠遊舊都。至於詞意隱晦的〈述酒〉詩，論者多謂因篡位的劉裕殺害晉恭帝而作，也可知陶淵明雖然歸隱於鄉野，並未忘懷當代政治。因此，南宋朱熹評論說：「淵明詩，人皆說平淡，余看他自豪放，但豪放得來不覺耳。」認為：「其露出本相者，是〈詠荊軻〉一篇。平淡底人如何說得這樣言語出來。」〈詠荊軻〉明顯與陶淵明平靜淡泊的田園詩不同，表現其慷慨激昂的另一種風貌，是性格恬澹的陶淵明在「吟到恩仇心事湧」時，情不自禁的表現出少年時即「猛志逸四海」，到老年時猶「猛志固常在」的另一面豪放性格。

　　本詩選自逯欽立校注《陶淵明集》，北京中華書局1979年出版。

 ## 核心素養

　　在群居的社會中，離不開人際之間的互動，語言，是文化載體，更是情感與思想表達、溝通的最基本工具。一般而言，語言有三種基本形態，即日常語言、文學語言和科學語言；其中，文學語言除了傳情達意之外，也重視表達功能和審美功能的結合，而文學語言中的詩歌，尤其重視語

---

17 騫翮思遠翥：騫，ㄑㄧㄢ（qiān），高舉；翮，ㄏㄜˊ（hé），翅膀；翥：ㄓㄨˋ（zhù），高飛。舉翅高飛到遠方。

言的精鍊、聲韻和節奏的美感。學習詩歌,既有利於學習如何剪裁浮詞,掌握要點,也有益於情志之抒發。對此,不妨看看陶淵明在〈詠荊軻〉詩中,如何以簡潔的文字表達自己對於英雄的仰慕情感。

關於荊軻行刺秦王一事,詳載於《史記‧刺客列傳》,原文近四千字,此詩則僅以一百五十字概述始末,其中多所剪裁,而重點在於易水訣別一幕。「燕丹善養士」至「歲暮得荊卿」四句,藉由燕太子丹盡心養士,以圖謀向秦王報仇,帶出人才雄俊的荊軻,筆墨簡潔。中間「君子死知己」至「且有後世名」十六句,依據史書所載,以濃筆重墨鋪敘易水訣別的悲壯場面,是全詩的重心。「君子死知己」寫荊軻內心義烈之俠氣,也呼應首句「燕丹善養士」;「提劍」句則描寫英雄所呈現的凜然氣概。至於所乘白馬似能感知此行之艱危,因此嘶鳴於大道,情緒激昂,則人物心情之悲壯也從而可以想知。因此,其後徑接以人物之特寫:「雄髮指危冠,猛氣衝長纓!」以誇飾手法表現荊軻之壯懷激烈。自「飲餞」句至「羽奏」句,敘寫訣別之一幕:荊軻知己高漸離筑聲悲愴,勇士宋意則悲歌慷慨。樂音與歌聲既已哀傷悲壯,而江風蕭蕭,寒流湧動,四周景物更助淒涼。此處擬聲摹狀,藉由景物渲染出蒼涼悽愴的訣別氛圍。「心知」二句,除了轉入荊軻內心之所思,以寫其輕生死、重名節的義烈形象之外,也是詩歌的轉折點,其後「登車」句至「豪主」句,即是入秦與行刺的過程。「登車」以下四句,以飛動的筆勢,寫荊軻啓程入秦時的登車不顧、勇往直前,不稍逗留,呈現其決死赴義的心志與氣概。至於行刺除暴以救天下的壯舉畢竟是失敗了,因此只以「圖窮」二句帶過,壯舉雖然失敗,然而當圖窮匕現之際,彼不可一世,懷抱虎狼之心,以逞虐天下的暴秦,畢竟在不畏強暴的匹夫面前失去其威嚴。最後的「惜哉」四句,詩人除了痛惜荊軻行刺暴君功敗垂成,也在惋惜之中,表達了對於烈士青史留名的欽佩仰慕之情。

陶淵明感慨「人生實難」(〈自祭文〉),人生在世,苟不欲碌碌庸庸,而欲有所成就,常須艱苦奮鬥。然而,最終的得失成敗,往往不是

單憑一己之努力即能決定，其中有天時、地利、人和的因素；何況在職場中，即使有「貴人」相助，也難免有「小人」的作梗。《論語》記載晨門稱孔子是「知其不可而為之」者（〈憲問〉），俗語也有「不以成敗論英雄」之說，如若擇定一目標而辛苦努力，最終的奮鬥結果卻不盡如意，則何妨思考什麼是「應然」，什麼是「實然」，為理想或夢想，一往無前，擇善而固執，但求無愧於心，無負於己，如斯可以。

分組討論報告單

系別：　　　　　　　報告者姓名：

學號：　　　　　　　組員簽名：

議題：荊軻是「英雄」嗎？陶淵明這首詩認為是，司馬光《資
　　　治通鑑》的評論認為不是。請小組成員一起討論並說明
　　　何謂「英雄」，以及荊軻是否為「英雄」。

成果：

素養學習單

請沿虛線剪下

系別：　　　　　　姓名：

學號：　　　　　　日期：

題目：如若為一目標而辛苦努力，最終的結果卻不盡如意，你認為應該以何種態度去面對？

習作：

定婚店

作者／唐‧李復言

 課文

　　杜陵[1]韋固，少孤，思早娶婦，多歧，求婚不成。貞觀[2]二年，將遊清河[3]，旅次[4]宋城[5]南店。客有以前清河司馬[6]潘昉女爲議者，來旦期於店西龍興寺門。固以求之意切，旦往焉。

　　斜月尚明，有老人倚布囊，坐於階上，向月檢書。覘[7]之，不識其字。固問曰：「老父所尋者何書？固少小苦學，字書無不識者。西國梵字[8]，亦能讀之。唯此書目所未覿[9]，如何？」

　　老人笑曰：「此非世間書，君因何得見。」

1　杜陵：地名，在今陝西西安東南。原稱「杜縣」，西漢宣帝葬此，故稱「杜陵」。
2　貞觀：唐太宗年號（627－649）。
3　清河：地名，唐時貝州治所，今河北邢台市清河縣。
4　旅次：旅途中小住之處，亦指旅途中暫作停留。
5　宋城：地名，在今河南商丘縣南。
6　司馬：軍職名，隋、唐州府之佐吏設有司馬，位在別駕、長史之下，掌兵事，或以之處置貶謫、閒散官員。
7　覘：ㄓㄢ（zhān），窺視、偷偷察看。
8　西國梵字：指印度古文字。
9　覿：ㄉㄧˊ（dí），見。

固曰：「然則何書也？」

曰：「幽冥之書。」

固曰：「幽冥之人，何以到此？」

曰：「君行自早，非某不當來也。凡幽吏皆主人生之事，主人[10]，可不行其中乎？今道途之行，人鬼各半，自不辨耳。」

固曰：「然則君何主？」

曰：「天下之婚牘[11]耳。」

固喜曰：「固少孤，嘗願早娶，以廣後嗣。爾來十年，多方求之，竟不遂意。今者，人有期此，與議潘司馬女，可以成乎？」

曰：「未也，君之婦適[12]三歲矣。年十七，當入君門。」

因問囊中何物？

曰：「赤繩子耳，以繫夫婦之足，及其生則潛[13]用相繫，雖讎敵之家，貴賤懸隔，天涯從宦，吳楚異鄉，此繩一繫，終不可逭[14]。君之腳已繫於彼矣，他求何益。」

曰：「固妻安在？其家何爲？」

曰：「此店北賣菜家嫗[15]女耳。」

固曰：「可見乎？」

曰：「陳嘗抱之來，賣菜於是。能隨我行，當示君。」

---

10 主人：主即「主人生之事」之「主」，掌管；掌管人間之事。

11 牘：ㄉㄨˊ（dú），文件、文書。

12 適：才。

13 潛：暗中的，秘密的。

14 逭：ㄏㄨㄢˋ（huàn），逃避。

15 嫗：ㄩˋ（yù），年老的婦女。

及明，所期不至。老人卷書揭囊而行，固逐之入菜市。有眇[16]嫗，抱三歲女來，弊陋亦甚。老人指曰：「此君之妻也。」

固怒曰：「殺之可乎？」

老人曰：「此人命當食大祿，因子而食邑[17]，庸[18]可殺乎？」老人遂隱。

固磨一小刀，付其奴曰：「汝素幹事，能為我殺彼女，賜汝萬錢。」

奴曰：「諾。」明日，袖刀入菜肆中，於眾中刺之而走。一市紛擾，奔走獲免。

問奴曰：「所刺中否？」

曰：「初刺其心，不幸才中眉間。」

爾後，求婚，終不遂。又十四年，以父蔭參相州軍[19]。刺史王泰俾攝[20]司戶掾[21]，專鞫[22]獄，以為能，因妻以女。可[23]年十六七，容色華麗，固稱愜之極。然其眉間常貼一花鈿[24]，雖沐浴閒處，未嘗暫去。歲餘，固逼問之，妻潸然[25]曰：「妾郡守

---

16 眇：ㄇㄧㄠˇ（miǎo），瞎了一隻眼，或指全盲。

17 食邑：帝制時代，君主賞賜臣子封地，以此地之租稅作為其俸祿。

18 庸：反問語氣詞，豈、難道、怎麼。

19 參相州軍：在相州都督府內任職。相州，唐代治所在今河北境內。

20 俾攝：暫時代理。

21 司戶掾：司戶，職官名稱，主掌地方上的戶口、錢糧、財物，等等。掾，ㄩㄢˋ（yuàn），官府屬員的通稱。「司戶掾」所掌與「鞫獄」無關，蓋為「司法掾」之訛（據王夢鷗《唐人小說校釋》）。

22 鞫：ㄐㄩˊ（jú），審判。

23 可：大約。

24 花鈿：婦女的額飾。鈿，ㄉㄧㄢˋ（diàn），又音，ㄊㄧㄢˊ（tián），用金銀珠寶鑲製成的花形裝飾物。

25 潸然：流淚的樣子。潸，ㄕㄢ（shān）。

之猶子[26]也，非其女也。疇昔[27]父曾宰宋城，終其官。時妾在襁褓[28]，母兄次歿。唯一莊在宋城南，與乳母陳氏居，去店近，鬻[29]蔬以給朝夕。陳氏憐小，不忍暫棄。三歲時，抱行市中，為狂賊所刺，刀痕尚在，故以花子覆之。七八年間，叔從事盧龍[30]，遂得在左右，以為女嫁君耳。」

固曰：「陳氏眇乎？」

曰：「然，何以知之？」

固曰：「所刺者固也！」乃曰奇也。因盡言之，相敬愈極。後生男鯤，為鴈門太守，封太原郡太夫人。知陰騭[31]之定，不可變也。宋城宰聞之，題其店曰「定婚店」。

姻緣的神祕與「月下老人」

作者／施寬文

 課文作者

李復言，生平事跡不詳。據宋初李昉諸人編纂的《太平廣記》之

---

26 猶子：姪子、姪女。
27 疇昔：從前、過去。
28 襁褓：ㄑㄧㄤˇ ㄅㄠˇ（qiǎng bǎo），背負幼兒的布條和小被，亦指年幼。
29 鬻：ㄩˋ（yù），賣。
30 盧龍：在今河北，唐時為軍事重鎮。
31 陰騭：陰德。騭，ㄓˋ（zhì），安排、判定。

〈尼妙寂〉篇末有「太和庚戌歲，隴西李復言遊巴南」之語，以及錢易《南部新書》甲卷所載「李景讓典貢年，有李復言者，納省卷，有《纂異》一部十卷。牓出曰：『事非經濟，動涉虛妄』」，而被黜落之事，其籍貫應是隴西（今甘肅），曾在開成五年（840）應舉進士，未第，晚唐宣宗大中年間（847－860）仍在世。一說白居易友人李諒（字復言）即《續玄怪錄》之作者李復言，惟學者大多持異議。

　　所著《續玄怪錄》（宋室爲避其先祖「趙玄朗」之名諱，乃易「玄」爲「幽」），《新唐書‧藝文志》著錄爲五卷，南宋藏書家晁公武《郡齋讀書志》作十卷，應是析合之異。今存四卷。《續玄怪錄》爲續唐人牛僧孺《玄怪錄》之著作，故名。或以爲李復言所著《纂異》、《搜古異錄》，皆是該書之別稱。

 ## 背景研析

　　〈定婚店〉（或作〈韋固〉），唐代傳奇名篇之一。「傳奇」意謂傳述奇聞異事，唐代傳奇小說承自六朝志怪，惟六朝志怪故事多粗陳梗概，欠缺細節描寫，且常雜有神道宣傳之目的；唐傳奇與之相較，則如明人胡應麟所說：「凡變異之談，盛於六朝，然多傳錄舛訛，未必盡幻設語。至唐人乃作意好奇，假小說以寄筆端。」（《少室山房筆叢》卷三十六）指出唐傳奇作者不同於志怪者之轉述、記錄，而是著意於虛構的創作態度。至於魯迅〈唐之傳奇文〉也說明：「小說亦如詩，至唐代而一變，雖尚不離於搜奇記逸，然敘述宛轉，文辭華豔，與六朝之粗陳梗概者較，演進之跡甚明，而尤顯者乃在是時則始有意爲小說。」（《中國小說史略》）除了指出唐傳奇作家具有明確的虛構意識之外，也點明唐傳奇較諸六朝志怪，在情節安排與語言藝術上的進步。此外，與六朝志怪小說比較，唐代傳奇除了篇幅較長、情節較曲折、小說結構較完整之外，其內容則更多人情世態之反映，而且已能注意人物形象之塑造，以及人物心理的刻畫。因

此，在中國小說發展史上，唐傳奇雖是文言小說，已能標誌中國小說從此進入成熟的階段。

至於李復言的傳奇之作《續玄怪錄》，雖然名為續牛僧孺《玄怪錄》之作，然而，葉慶炳指出：「《玄怪錄》猶停留在魏晉南北朝『傳錄舛訛』、『殘叢小語』之時代，而《續玄怪錄》則頗多篇章已是『作意好奇』之唐人小說」、「作者慘澹經營之匠心時時可見」（《中國文學史》）。其中故事雖多因襲，卻已有意進行再創作，因此在情節、細節、人物與敘事手法方面，都有所增添和變化。

〈定婚店〉為《續玄怪錄》書中佳作之一，宋太宗太平興國二年（977），李昉諸人編纂《太平廣記》時將其收入「定數類」之「婚姻」（卷一五九），晚明馮夢龍則以〈韋固〉為題，收入《情史》「情緣」類（卷二）。故事敘述韋固求婚心切，求偶十年卻無果，後來旅次宋城，在清晨昧爽時分偶遇老人於月光下檢閱書籍，詢之得知老人為主管人間婚姻之冥吏。老人除了告以時年三歲的女娃為其十四年後的妻子，並告以兩人之足已為紅繩牽繫，他求無益。韋固因嫌棄女娃醜陋，遂買凶行刺，惟僅傷其眉間。後十四年，韋固果如老人預言，終於順利成親，其妻則是當年所欲刺殺之女娃。

唐代佛教、道教並皆興盛，影響社會各層面極廣，成於德宗貞元年間的《女論語》，其〈事夫〉篇有云：「女子出嫁，夫主為親。前生緣分，今世婚姻。」也認為婚姻乃前緣注定。傳奇小說在思想內容上固亦受有佛、道之影響，〈定婚店〉即闡述「姻緣天定」之思想，具有濃厚的宿命論意味。

本篇文本選自王夢鷗《唐人小說校釋》（正中書局1985年版）。

核心素養

「人生到處知何似，應似飛鴻踏雪泥。泥上偶然留指爪，鴻飛那復計

東西。」（蘇軾〈和子由澠池懷舊〉）人生的離合、際遇充滿了不可知，運程的否泰、富貴的有無、功名的得失等等，其中有著諸多的神祕。至若婚姻，不論是父母之命、媒妁之言，或是自由戀愛，在茫茫人海中，兩個人能夠相遇相知相惜而結縭，牽手一生，其間固亦存在著種種的神祕。中國民間謂之「緣分」，以爲其中有一種無形的連結，必然會使兩個原本陌生的人，即使天涯異路，也能相遇而相知。李復言〈定婚店〉之主題，就是那神祕的緣分——「姻緣天定」。

作者以「奇」貫穿〈定婚店〉的故事情節、藉以推進故事之發展，經由小說主角所經歷的三次奇妙的人生際遇，呈現姻緣之不可思議。

首先，在宋城逆旅中，韋固因欲求婚潘昉女而早行，卻意外遇到在月光下檢閱書籍的奇怪老人。「老人倚布囊，坐於階上，向月檢書。覘之，不識其字。」此處，作者暫時收起其全知視角，採用古典小說中不常見的人物視角，以韋固的感知說明書籍文字之不可識、內容之不可知。全知能力的節制或利用人物視角的感知，常能在敘事中增添懸疑性，且易呈現比較生動的臨場感。其後，作者安排人物對話——典型的場景敘事。「場景」敘事因爲在敘述時間與故事時間上彼此大致相等，也因爲敘述時間與故事中人物之言行基本同步的特點，因此常被視爲就是敘述故事的「實況」，是關於言談、動作與場合的客觀記錄。韋固與老人的對答，不僅因此具有臨場感，也因故事時間因爲場景敘事而徐緩，遂使讀者能夠聚焦於老人之言談——赤繩繫足，姻緣既定，終不可易。「月下老人」令人印象深刻，其言語內容在後世成爲婚姻前定的觀念，影響深遠，與作者高明的敘事手法不無關係。

其次，作者讓故事在月下老人明示韋固其婚年與對象後，加以跌宕曲折。韋固看過當時猶是三歲女娃的未來妻子後，以其貌陋，心中不愜，因不忍其事，竟買凶殺人，故意逆天而行，欲以人力扭轉，卻意外失手。其後十四年，力盡人事以求婚，終難匹偶。此是第二處「奇」，說明天命之難違。

十四年後，籍貫在陝西長安東南杜陵的韋固，因為父親的餘蔭而遠至河北為官，卻意外娶得長官的姪女，而此女子即十四年前曾在河南宋城見過的三歲女娃。韋固在十四年後果如月下老人之預言而順利成親，是第三處「奇」；所娶者竟是當年所欲刺殺的女娃，則是奇中之奇。從陝西到河南，再到河北，其間的周折，一如月下老人檢書時之所言：「天涯從宦，吳楚異鄉，此繩一繫，終不可逭！」是以韋固得知原委後「乃曰奇也」。

〈定婚店〉故事易遭非議處，在於韋固之德性與行事，誠難以「君子」稱之，卻有幸娶得佳人；其妻既盡知謀殺之前情，而猶能與之「相敬愈極」，頗乖傳統「善有善報，惡有惡報」之觀念。另外，韋固並非「賢賢易色」之人，果若其妻容貌庸陋，而非「容色華麗」，令其「稱愜之極」，則韋固會否疼惜，與之「相敬愈極」？如此之婚姻故事是否值得傳頌，成為傳世佳話？或許因為作者具有濃重的「萬事不由人計較，一生盡是命安排」的宿命思想，且將故事聚焦在「知陰騭之定，不可變也」的姻緣之「奇」上，所以對此並未多加措意。

宿命思想，一般皆以其「消極」而非議之，然而，撇開含有人格神色彩的「命運注定」之說，人生諸事，由於主、客觀各種因素之限制，固有許多非強求而能得者，姻緣、愛情只是其中之一。因為愛情失意而自傷或傷人，誠為不智之舉。

諺云：「盡人事以聽天命」，包括愛情在內的人生諸事，固應先自我努力，而勉力奮鬥、追求後，最終之結果仍不盡如人意時，以之歸諸「天」、歸諸「命」，放下遺憾，另尋新境，或許更能覓得新的機會之鑰，從而有不同的天地與收穫。

分組討論報告單

系別：　　　　　　報告者姓名：

學號：　　　　　　組員簽名：

議題：請至圖書館借閱或上網閱讀李復言《續玄怪錄》卷二之
　　　〈鄭虢州騊夫人〉，比較該篇與〈定婚店〉的故事內容
　　　和思想之異同。

成果：

素養學習單

系別：　　　　　　　姓名：

學號：　　　　　　　日期：

題目：親情、友情、愛情，是人生的滋潤，卻也是一種甜蜜的或痛苦的纏縛，尤其是親情和愛情，能予人歡喜，也能傷人入骨。小說中的韋固，最初因為所求不如己意，竟起殺心，令人悚然、令人不齒！如若你在愛情中遭遇不如意，仔細思量，應如何面對、如何處理，才是彼此最好的結束或成全？

習作：

求婚

作者 / 三毛

 課文

　　我的第一次求婚意向發生得很早，在小學最末的一年。這篇童年往事寫成了一個短篇叫做〈匪兵甲和匪兵乙〉，收錄在《傾城》那本書中去。

　　總而言之，愛上了一個光頭男生，當然他就是匪兵甲。我們那時演話劇，劇情是「牛伯伯打游擊」[1]。我演匪兵乙。匪兵總共兩人，乙愛上甲理所當然。

　　為了這個隔壁班的男生，神魂顛倒接近一年半的光景，也沒想辦法告訴他。可是當時我很堅持，認定將來非他不嫁。這麼單戀單戀的，就開始求婚了。

　　小小年紀，求得很聰明。如果直接向匪兵甲去求，那必定不成，說不定被他出賣尚得記個大過加留校察看什麼的。所以根本

---

[1] 牛哥於1951年起，在《中央日報》每天連載《牛伯伯打游擊》，畫中將思念故鄉的悲痛情懷，化做幽默風趣的漫畫，推出後受到廣大讀者的共鳴，使牛哥成為當時文化界炙手可熱的人物。之後又推出《老油條畫傳》、《牛老二日記》、《牛小妹遊台灣》、《想說就畫》、《楊經邦畫傳》、《胡佬鴉》、《牛伯伯遊東南亞》等多部漫畫。

不向當事人去求。

我向神去求。

禱告呀——熱烈的向我們在天上的父去哀求，求說：「請祢憐憫，將來把我嫁給匪兵甲。」

這段故事回想起來自然是一場笑劇，可是當日情懷並不如此，愛情的滋味即使是單戀吧，其中還是有著它的癡迷和苦痛。小孩子純情，不理什麼柴米油鹽的，也不能說那是不真實。

等到我長到十六歲時，那個匪兵甲早已被忘光了，我家的信箱裏突然被我拿到一封淡藍色信封信紙的情書。沒貼郵票，丟進來的。

從那時候開始，每星期一封，很準時的，總會有一封給我的信。過了好幾個月，我在巷子裏看見了那個寫信的人——一個住在附近的大學生。沒有跟他交談，只是看了他一眼，轉身輕輕關上大門。

那個學生，寒暑假回到香港僑居地時，就會寄來香港的風景明信片，說：「有一天，等我畢業了，我要娶妳，帶妳來坐渡輪，看香港的夜景。」

我的父母從來不知道有這麼一個人存在過，信件我自己收起來，也不說什麼，也不回信。

偶爾我在黃昏時出門，他恰好就站在電線杆下，雙手插在口袋裏，相當沉著也相當溫柔平和的眼神朝我望著。我直直的走過他，總是走出好幾步了，才一回頭，看他一眼。

這半生了，回想起來，那個人的眼神總使我有著某種感動，我一點也不討厭他。

兩年之後，他畢業了，回港之前的那封信寫得周詳，香港父

親公司地址、家中地址、電話號碼，全都寫得清清楚楚。最後他寫著：「我不敢貿然登府拜訪，生怕妳因此見責於父母，可是耐心等著妳長大。現在我人已將不在臺灣，通信應該是被允許的。我知妳家教甚嚴，此事還是不該瞞著父母，請別忘了，我要娶妳。如果妳過兩三年之後同意，我一定等待……」

那時，我正經過生命中的黯淡期，休學在家好幾年，對什麼都不起勁，戀愛、結婚這種事情不能點燃我生命的火花，對於這一個癡情的人，相連的沒有太多反應。

後來那種藍信封由英國寄來，我始終沒有回過一封信，而那種期待的心情，還是存在的，只是不很鮮明。如果說，今生有人求過婚，那位溫柔的人該算一個。

等到我進入文化學院去做學生的時候，姐姐出落得像一朵花般的在親戚間被發現了。那時候很流行做媒，真叫「一家女，百家求」。我們家的門檻都要被踏穿了。

每當姐姐看不上的人被婉轉謝絕的時候，媒人就會說：「姐姐看不上，那妹妹也可以，就換妹妹做朋友好囉！」

我最恨這種話。做了半生的妹妹，衣服老是穿姐姐剩下來的，輪到婚姻也是：「那妹妹也可以。」好像妹妹永遠是拿次級貨的那種品味。每一次人家求不到姐姐，就來求妹妹，我都給他們罵過去。

那一陣子，三五個月就有人來求親，反正姐姐不答應的，妹妹也不答應。姐姐一說肯做做朋友，那個做妹妹的心裏就想搶。

那是一個封閉的社會，男女之事看得好實在，看兩三次電影就要下聘。姐姐就這麼給嫁掉了。她笨。

我今生第二次向人求婚還是在臺灣。

那是我真正的初戀。

對方沒有答應我。我求了又求，求了又求，哭了又哭，哭了又哭。後來我走了。

到了西班牙，第一個向我求婚的人叫荷西，那年他高中畢業，我大三。他叫我等他六年，我說那太遙遠了，不很可能。

為了怕這個男孩子太認真，我趕快交了一些其他的朋友，這其中有一個日本同學，同班的，家境好，還在讀書呢，馬德里最豪華的一家日本餐館就給他開出來了。

這個日本同學對我好到接近亂寵。我知道做為一個正正派派的女孩子不能收人貴重的禮物，就只敢收巧克力糖和鮮花——他就每天鮮花攻勢。宿舍裡的花都是日本人送來的，大家都很高興，直到他向我求婚。

當我發現收了糖果和鮮花也有這種後果的時候，日本人買了一輛新車要當訂婚禮物給我。當時宿舍裏包括修女舍監都對我說：「嫁、嫁。這麼愛妳的人不嫁，難道讓他跑了嗎？」

我當然沒有收人家的汽車，兩個人跑到郊外樹林裡去談判，我很緊張——畢竟收了人家的小禮物也常常一同出去玩，心虛得緊，居然向著這個日本人流下淚來。我一哭，那個好心的人也流淚了，一直說：「不嫁沒關係，我可以等，是我太急了，嚇到了妳，對不起。」

那時候我們之間是說日文的，以前我會一點點日文。半年交往，日文就更好些，因為這個朋友懂得耐性的教，他絕對沒有一點大男人主義的行為，是個懂得愛的人，可是我沒想過要結婚。我想過，那是在臺灣時。跟這日本同學，也不知道是怎麼回事，他在戀我，我迷迷糊糊的受疼愛，也很快樂，可是也不明白怎麼

一下子就要結婚了。

　　爲了教這個日本人死了心，我收了一把德國同學的花。我跟德國同學在大街上走，碰到了荷西。我把兩人介紹了一下，荷西笑得有些苦澀，還是很大方的跟對方握握手，將我拉近，親吻了我的面頰，笑道再見。

　　當年害慘了那位日本同學，後來他傷心了很久很久。別的日本同學來勸我，說我可不可以去救救人，說日本人要自殺。切腹其實不至於，我十分對不起人是眞的，可是不肯再去見他，而兩個人都住在馬德里。他常常在宿舍門外的大樹下站著，一站就好久，我躲在二樓窗簾後面看他，心裡一直向他用日文說：「對不起，對不起。」

　　學業結束之後，我去了德國。

　　我的德國朋友進了外交部做事，我還在讀書。那時候我們交往已經兩年了。誰都沒有向誰求婚，直到有一天，德國朋友拉了我去百貨公司，他問我一床被單的顏色，我說好看，他買下了——雙人的。

　　買下了被單兩個人在冰天雪地的街上走，都沒有說話，我突然想發脾氣，也沒發，就開始死不講話，他問什麼我都不理不睬，眼裡含著一汪眼淚。

　　過了幾小時，兩個人又去百貨公司退貨，等到櫃檯要把鈔票還給我們時，我的男友又問了一句：「妳確定不要這條床單？」我這才開口說：「確定不要。」

　　退了床單，我被帶去餐館吃烤雞，那個朋友才拿起雞來，要吃時，突然迸出了眼淚。

　　過了一年，他在西柏林機場送我上機，我去了美國。上機的

時候，他說：「等我做了領事時，妳嫁，好不好？我可以等。」

這算求婚。他等了二十二年，一直到現在，已經是大使了，還在等。

我是沒有得到堂兄們允許而去美國的，我的親戚們只有兩位堂兄在美國，他們也曾跟我通信，叫我留在德國，不要去，因為沒有一技之長，去了不好活。

等到我在美國找好事情，開始上班了，才跟堂兄通了電話。小堂哥發現我在大學裡恰好有他研究所以前的中國同學在，立即撥了長途電話給那位在讀化學博士的朋友，請他就近照顧孤零零的堂妹。

從那個時候開始，每天中午休息時間，總是堂哥的好同學，準時送來一個紙口袋，裡面放著一塊豐富的三明治、一只白水煮蛋、一枚水果。

他替我送飯。每天。

吃了人家的飯實在是不得已，那人的眼神那麼關切，不吃不行，他要心疼的。

吃到後來，他開始悲傷了，我開始吃不下。有一天，他對我說：「現在我照顧妳，等哪一年妳肯開始下廚房煮飯給我和我們的孩子吃呢？」

那時候，追他的女同學很多很多，小堂哥在長途電話裡也語重心長的跟我講：「妹妹，我這同學人太好，妳應該做聰明人，懂得我的鼓勵，不要錯過了這麼踏實的人。」我在電話中回答：「我知道，我知道。」掛下電話，看見窗外白雪茫茫的夜晚，竟然又嘩嘩的流淚，心裡好似要向一件事情去妥協而又那麼的不快樂。

當我下決心離開美國回臺灣來時，那位好人送我上機先去紐約看哥哥再轉機回臺。他說：「我們結婚好麼？妳回去，我等放假就去臺灣。」我沒有說什麼，伸手替他理了一理大衣的領子。

等我人到紐約，長途電話找來了：「我們現在結婚好麼？」我想他是好的，很好的，可以信賴也可以親近的，可是被人問到這樣的問題時，心裏為什麼好像死掉一樣。

我回到臺灣來，打網球，又去認識了一個德國朋友。我在西班牙講日文，在德國講英文，在美國講中文，在臺灣講德文。這人生——

那一回，一年之後，我的朋友在臺北的星空下問我：「我們結婚好嗎？」我說：「好。」清清楚楚的。

我說好的那一剎間，內心相當平靜，倒是四十五歲的他，紅了眼睛。

那天早晨我們去印名片。名片是兩個人的名字排在一起，一面德文，一面中文。挑了好久的字體，選了薄木片的質地，一再向重慶南路那家印刷店說，半個月以後，要準時給我們。

那盒名片直到今天還沒有去拿，十七年已經過去了。

說「好」的那句話還在耳邊，挑好名片的那個晚上，我今生心甘情願要嫁又可嫁的人，死了。

醫生說，心臟病嘛，難道以前不曉得。

那一回，我也沒活，吞了藥卻被救了。

就那麼離開了臺灣，回到西班牙去。

見到荷西的時候，正好分別六年。他以前叫我等待的時間。

好像每一次的求婚，在長大了以後，跟眼淚總是分不開關係。那是在某一時刻中，總有一種微妙的東西觸動了心靈深處。

無論是人向我求、我向人求，總是如此。

　　荷西的面前，當然是哭過的，我很清楚自己，這種能哭，是一種親密關係，不然平平白白不會動不動就掉淚的。那次日本人不算，那是我歸還不出人家的情，急的。再說，也很小。

　　荷西和我的結婚十分自然，倒也沒有特別求什麼，他先去了沙漠，寫信給我，說：「我想得很清楚，要留住妳在我身邊，只有跟妳結婚，要不然我的心永遠不能減去這份痛楚的感覺。我們夏天結婚好麼？」

　　我看了十遍這封信，散了一個步，就回信給他，說：「好。」

　　婚後的日子新天新地，我沒有想要留戀過去。有時候想到從前的日子，好似做夢一般，呆呆的。

　　我是一九七三年結的婚。荷西走在一九七九年。

　　這孀居的九年中，有沒有人求過婚？

　　還是有的。

　　只是沒什麼好說的了，在那些人面前，我總是笑笑的。

沙漠與夢田交織的傳奇

作者／王淳美

✎ 課文作者

　　三毛本名陳平[2]（1943.3.26－1991.1.4），浙江省定海人，生於四川重慶；排行老二，有一個姐姐與兩個弟弟。1948年跟隨父母搬到南京，之後再遷到臺北。幼年時期的三毛即表現對文學的愛好，小學五年級時就開始看《紅樓夢》，1954年考入臺灣省立臺北第一女子中學，初中二年級時因故休學，由父母教導在家自學，閱讀唐詩、宋詞、《古文觀止》，以及許多中英文世界名著等，汲取各式文學涵養，奠定日後寫作基礎。

　　1962年三毛在白先勇主編的《現代文學》雜誌第十五期發表處女作〈惑〉，1963年在《皇冠》十九卷第六期發表〈月河〉，從此步入文壇。隔年至文化大學哲學系當旁聽生，成績優異。1967年三毛獨自遠赴西班牙留學，半年後就讀於馬德里文哲學院，此時遇到還在讀高三的西班牙人荷西·馬利安·葛羅。後來三毛就讀德國西柏林哥德書院，得到德文教師證書；再至美國芝加哥伊利諾大學法學圖書館工作。三毛在留學期間，趁機遊歷各國打工賺錢，足跡遍及歐美各國。

　　1970年三毛受邀回到臺灣，在文化大學德文系、哲學系任教。在此期間，三毛經歷情感的糾葛與未婚夫猝逝的打擊後，於1972年再度遠走西班牙，與六年前認識、一直苦戀她的荷西重逢。三毛終於1973年在西屬撒

2　三毛本名陳懋平，因為學不會寫「懋」那個字，就自己改名為陳平。陳平自取的英文名字叫「Echo」，是早期寫歌詞、作畫時常用的署名。「三毛」則是後期在撒哈拉時開始用的筆名，於1974年開始出現於《聯合報》。

哈拉沙漠的當地法院，與荷西公證結婚。在沙漠時期特殊的生活背景薰染下，激發三毛的寫作才華，受到時任《聯合報》主編的平鑫濤鼓勵，遂開始密集寫作。1976年出版第一部作品《撒哈拉的故事》，引發文壇一陣「三毛旋風」，從臺灣、香港擴散至華文區，從此出現一種「流浪文學」的文化現象。

三毛的人生在歷經一段幸福的異國婚姻後，於1979年九月的中秋節發生突變逆轉，三毛至愛的丈夫荷西在拉帕爾馬島[3]的海中潛水，不幸發生意外喪命，痛不欲生的三毛在父母陪伴下，回到臺灣，從此以寫作、演講爲重心。1990年三毛從事劇本寫作，完成第一部、也是最後一部劇作《滾滾紅塵》[4]；隔年一月四日清晨去世，享年四十八歲。

三毛爲華文文學帶來特殊的異域風土人情，足跡歷經世界偏遠各地的傳奇一生，爲世人留下的成名著作，包括：《雨季不再來》（1976）、《稻草人手記》（1977）、《哭泣的駱駝》（1977）、《萬水千山走遍》（1982）、《傾城》（1985）……等著作，尚有翻譯、有聲書、歌詞等，其中「三毛作品第15號：回聲」專輯（1985）[5]，結集其創作的歌詞與三

---

[3] 1975年11月摩洛哥組織綠色進軍，三十五萬大軍開進西屬撒哈拉，1976年2月西班牙終於撒離西屬撒哈拉。三毛與荷西最後也離開西屬撒哈拉，前往西班牙屬地加那利群島，並居住在丹娜麗芙島上。拉帕爾馬島，是西班牙加那利群島最西北端的火山島。

[4] 《滾滾紅塵》（*Red Dust*）可謂三毛以其生命力創作焠煉出的最後傑作，影射並同情張愛玲與胡蘭成的故事；一段亂世情深、嚐盡歲月滄桑後的淒美愛情。該片獲得1990年第27屆金馬獎七項大獎，由林青霞、秦漢、張曼玉領銜主演，電影主題曲〈滾滾紅塵〉由羅大佑詞曲創作、陳淑樺主唱，歌詞「紅塵中的情緣，只因那生命匆匆不語的膠著……」道盡離亂世道兒女情深的無奈與遺憾，令人動容，因而轟動一時。

[5] 這張專輯於1985年先推出卡帶版的「回聲」，當時滾石唱片公司率先從日本引進雷射唱片的生產技術，於1986年1月推出臺灣流行音樂史上第一張CD唱片。此張唱片是三毛的半生故事，由她親筆寫下的十二首歌詞，由齊豫、潘越雲以不同的唱腔合唱；由李泰祥、陳志遠、陳揚、李宗盛等七位作曲家譜曲，詮釋三毛在不同時期的心情故事，加上三毛本人的旁白貫穿，遂成爲具有敘事

毛原聲旁白，可謂三毛自傳式的音樂作品。至於其作詞的〈橄欖樹〉[6]，更道盡三毛的流浪漂泊，在華文區傳唱歷久不衰。

在華文世界中，三毛可謂具有傳奇性色彩的文人，在未資訊化前的封閉年代，她浪跡天涯的生平，為讀者描繪一個視野遼闊的新天地、寫活了廣袤無邊的撒哈拉風情，成為現代流浪文學的經典之作；而其特異的性格特質與文采，更銘刻於華文文學史，不僅佔有一席具開創性的地位，並令人追憶至今。

 背景研析

〈求婚〉選自三毛《流浪的終站》一書，該書乃2010年11月由皇冠文化出版有限公司為紀念「三毛逝世二十週年」所出版的「三毛典藏版」九大冊之第五冊。〈求婚〉的原文大約有5,426字，本選文刪除頭尾，節選中段的原文約3,874字。三毛以淡淡的筆觸與適度的自我嘲諷，記錄她前半生被「求婚」的歷程，娓娓道來她所歷經童稚時期、少女時期的幾段青澀感情，以及失戀後遠度重洋至西班牙、德國……等異域，再回到臺灣的幾段情感經歷、異國婚姻，連帶側寫出傳奇女子三毛流浪漂泊的人生旅途。

在家人眼中，三毛是一個說故事的高手，從小就與眾不同，感性之餘還兼帶靈性，是具有新鮮創意、充滿愛心與童趣的人。旅行和閱讀、寫作是三毛生命中頂要緊的事；只因為看到一張撒哈拉沙漠的照片，感應到

性的「音樂傳記」。

[6] 由李泰祥作曲、齊豫主唱的〈橄欖樹〉歌詞：「不要問我從哪裡來，我的故鄉在遠方，為什麼流浪，流浪遠方～流浪。為了天空飛翔的小鳥，為了山間輕流的小溪，為了寬闊的草原，流浪遠方～流浪。還有還有，為了夢中的橄欖樹～橄欖樹。不要問我從哪裡來，我的故鄉在遠方。為什麼流浪～為什麼流浪遠方～為了我夢中的～橄欖樹！」

前世的鄉愁，於是三毛決定去沙漠尋找她的前世。撒哈拉時期是三毛一生最重要的階段，結合了她唯一的一段幸福婚姻，連帶激發的創作力所開創的寫作事業巔峰。對於沙漠的感應，如她於「回聲」專輯〈沙漠〉歌詞中所表述的：「前世的鄉愁，鋪展在眼前。啊～一疋黃沙萬丈的布，當我當我～被這天地玄黃牢牢捆住。漂流的心，在這裡慢慢～慢慢一同落塵。」三毛對沙漠感應到的前世情感，使她一直處於漂泊的心靈，終於在黃沙的大漠天地獲得歸屬。

 ## 核心素養

五倫，為儒家倫理原則的五種德目，古代指的是：君臣、父子、夫婦、兄弟、朋友等五種人與人之間合宜的相處關係。「倫」意指人與人的關係，五倫的形成有其先後次序，五倫之始，第一倫就是夫婦關係。理想的婚姻來自兩人之間的愛情與諧和的關係。假如能在人生旅途中擁有美好的愛情與婚姻，締造人倫關係之始，經營讓生命續存的情緣，進而育成下一代子孫。

在三毛人生旅程中，歷經幾段輕淡的情緣，也度過兩段死別的創痛；包括在本文中提及的——1972年三毛在臺灣任教時認識一位德國籍教師，兩人已經準備結婚之際，未婚夫卻因心臟病猝死，三毛受不了突然變故的打擊，遂服安眠藥，後幸而獲救。情傷後，使三毛再度遠赴西班牙，與苦戀她六年的荷西重逢；具有潛水師執照的的荷西原本要至希臘地中海一帶潛水旅遊，為了追隨愛人，遂放棄他的興趣，跟著三毛去了沙漠，在西班牙屬地撒哈拉的磷礦場工作。至1979年荷西潛水意外喪生，三毛這段維持約莫六年的異國婚姻，不幸在悲傷中結束。

在〈求婚〉文中，三毛這兩段重要的戀情，卻以淡筆簡單帶過，特別與荷西這段婚姻；或許無法承受那曾經幸福卻失去的錐心之痛，反以最輕簡的文字表述最深的愛與最沉的痛。然而在「回聲」專輯〈今世〉歌詞

中，三毛卻直接吐露與荷西天人永隔的至情與至哀：「你忘了忘了～忘了忘了，那一次又一次水邊的淚與盼，你忘了岸邊等你回家的女人。日已盡，潮水已去，皓月當空的夜晚，交出了再不能看我、再不能說話的你。同一條手帕，擦你的血、浥我的淚，要這樣跟你血淚交融，就這樣跟你血淚交融，一如萬年前的初夜～」

三毛在孀居期間，自然也有人求婚與探問她的婚期，然而「曾經滄海難為水」，這位具有強烈自我意識的傳奇女子，揉合美麗與哀愁、浪漫與現實、古典與現代、瀟灑與勇敢，將其從少女的戀、夢幻的愛、愛別離後瀕死的心，藉其生動風趣、質樸浪漫的文筆，留諸世人，如三毛於〈夢田〉詞中所述說的：每人心中都有一畝田，而那是她心裡一個不醒的夢。就這樣，三毛曾擁有美妙的愛情與婚姻生活，最後留下一幅由沙漠與夢田相互織就的文學意象，留供世人閱讀與追憶……

分組討論報告單

系別：　　　　　　　報告者姓名：

學號：　　　　　　　組員簽名：

議題：閱讀本文後，請舉實際例子探討婚姻存在的意義、困境與價值。

成果：

請沿虛線剪下

素養學習單

系別：　　　　　　　姓名：

學號：　　　　　　　日期：

題目：請延伸閱讀三毛的一本著作，仿其「淡筆」的文風寫作一則〈告白〉的短文。告白情意的對象可包括親人、情人、友人，以及萬物等。

習作：

《小王子》文選

作者／〔法國〕安東尼·聖修伯里

 **課文**

XX

　　小王子穿越沙漠、岩石、積雪，走了好久好久，終於來到一條大路。而，條條大路通人家。

　　「大家好，」小王子說。

　　他來到一座開滿玫瑰的花園。

　　「你好，」玫瑰說。

　　小王子看了看她們。她們全都和他的那朵花兒好像。

　　「妳們是誰？」小王子看都看傻了，他問她們。

　　「我們是玫瑰花啊，」玫瑰說。

　　小王子「啊！」地一聲……

　　他感到自己非常不幸。他的那朵花兒曾經對他說，她是全宇宙唯一的一朵玫瑰花。可是，光這座花園就有五千朵，每一朵都跟她好像！

　　「她八成會氣壞了，」小王子心想，「萬一她看到這些……她會咳得好厲害，還會裝死裝活，掩飾自己的荒謬可笑。而我則

會被迫假裝去照料她，因為，如果我不這麼做的話，她為了也讓我難堪，真的會任由自己自生自滅……」

隨後小王子又自忖道：「我自以為擁有一朵獨一無二的花兒，所以很富有，其實我擁有的只是一朵普通的玫瑰。這朵花兒，再加上我那三座跟膝蓋一般高的火山，其中一座搞不好還永遠熄滅了，我不會因為這些就成為一個非常偉大的王子……」於是，他就伏在草叢中，哭了。

XXI

狐狸就是這時候出現的。

「你好，」狐狸說。

「你好，」小王子回答得彬彬有禮，他轉過身去，卻什麼都沒看見。

「我在這兒呢，」有個聲音說，「蘋果樹下。」

「你是誰？」小王子說。「你好漂亮……」

「我是一隻狐狸，」狐狸說。

「過來跟我玩，」小王子向狐狸提出建議。「我好傷心好傷心……」

「我不能跟你玩，」狐狸說。「我還沒有被馴服呢。」

「啊！抱歉，」小王子說。

「可是，」他思索了一會兒，又說道：

「『馴服』是什麼意思？」

「你不是本地人，」狐狸說，「你在找什麼？」

「我在找人，」小王子說。「『馴服』是什麼意思？」

「人哪，」狐狸說，「他們有槍，他們還打獵。好討厭！他

們也養母雞，這是他們唯一可取之處。你在找母雞嗎？」

「不，」小王子說。「我在找朋友。『馴服』是什麼意思？」

「這是一件過於被人遺忘的事，」狐狸說。「『馴服』的意思就是『建立關聯』……」

「建立關聯？」

「是啊，」狐狸說。「對我來說，你還只是一個跟成千上萬個小男孩一樣的小男孩而已。我不需要你。你也不需要我。對你來說，我還只是一隻跟成千上萬隻狐狸一樣的狐狸而已。可是，如果你馴服我的話，我們就會彼此需要。你對我來說，就會是這世上的唯一。我對你來說，就會是這世上的唯一……」

「我有點懂了，」小王子說。「有一朵花兒……我相信她馴服了我……」

「有可能，」狐狸說。「地球上什麼事都可能發生。」

「喔！不是在地球上，」小王子說。

狐狸看似被激起了好奇心：

「在另外一顆行星上？」

「對。」

「那顆行星上面有獵人嗎？」

「沒有。」

「這有點意思！那有母雞嗎？」

「沒有。」

「天下沒有十全十美的事，」狐狸嘆了口氣。

可是狐狸又把話題拉回來：

「我的生活好單調乏味。我獵母雞，人類獵我。所有母雞都

很像，所有人類都很像。搞得我有點厭煩。可是，如果你馴服我的話，我的生命就會充滿陽光。

我會聽得出來有個腳步聲與眾不同。其他腳步聲會害我鑽進地裡，你的腳步聲卻會像音樂那樣召喚我從洞裡出來。再說，你看！你看到那邊的麥田了嗎？我不吃麵包。麥子對我來說毫無用處。我對麥田無動於衷。好悲哀啊！可是你有金黃色的頭髮。一旦你馴服我後，這一切就會變得奇妙無比！麥子，金黃色的，就會讓我想起你。連風吹進麥田的聲音，我都會喜歡……」

狐狸閉上嘴，看著小王子，看了好久：

「拜託……馴服我吧！」他説。

「我是很願意呀，」小王子回道，「可是我沒有很多時間。我還得去找朋友，而且還有好多東西要了解。」

「我們只會了解被我們馴服的東西，」狐狸説。「人類再也沒時間了解任何東西了。他們都到商人那邊去買現成的。可是由於販賣朋友的商人根本就不存在，所以人類就再也沒有朋友了。如果你想要朋友的話，那就馴服我吧！」

「我該怎麼做呢？」小王子説。

「必須非常有耐心，」狐狸回道。「你先坐得離我遠一點，像這樣，坐在草叢裡面。我用眼角偷瞄你，你什麼都別説。語言是誤會的泉源。可是，每一天，你都坐得更靠近我一點……」

隔天，小王子又來了。

「最好在同一個時間過來，」狐狸説。「比方説，要是你下午四點鐘來的話，三點鐘一到，我就會很快樂。時間越臨近，我就會越感到快樂。四點鐘一到，我就已經坐立難安，而且會很擔心；我會發現快樂是要付出代價的！可是要是你來的時間不一

定，我就永遠也不會知道什麼時候該做好心理準備⋯⋯這可是需要儀式的。」

「『儀式』是什麼東西？」小王子說。

「這也是一件過於被人遺忘的事，」狐狸說。「儀式就是讓某個日子跟其他日子不同，讓某一時刻跟其他時刻不同。比方說，我那些獵人就有一種儀式。他們每個禮拜四都跟村上的女孩跳舞。於是，禮拜四就是一個美妙的日子！我就可以一路散步到葡萄園。要是獵人跳舞的時間不一定，每天都是一個樣，我就連假都沒得放了。」

小王子就這麼馴服了狐狸。然而，離別的時刻終於逼近：

「啊！」狐狸說⋯⋯「我會哭的。」

「都是你害的，」小王子說，「我一點都不想傷害你，可你偏偏要我馴服你⋯⋯」

「是啊，」狐狸說。

「可是你會哭啊，」小王子說。

「是啊，」狐狸說。

「所以說你一無所得！」

「我有，」狐狸說，「因為麥子的顏色。」

接著他又加上這句：

「你再去看看那些玫瑰吧。你會明白你那朵是世界上獨一無二的。你回來跟我道永別的時候，我再告訴你一個秘密作為禮物。」

小王子又去看了那些玫瑰。

「妳們跟我的玫瑰一點都不像，妳們還什麼都不是呢，」小王子對她們說。「沒人馴服妳們，妳們也沒馴服任何人。妳們就

跟我的狐狸過去那樣。那時，他只是一隻和其他成千上萬隻狐狸一樣的狐狸。可是我把他當成朋友，現在他就是世界上獨一無二的了。」

那些玫瑰顯得十分難堪。

「妳們很美，可是妳們是空的，」小王子又對她們說。「沒有人會為妳們而死。當然，我的那朵玫瑰，普通路人會覺得她跟妳們好像。可是光她一朵，就比妳們全部加起來都重要，因為她是我澆灌的。因為她是我放進罩子裡面的。因為她是我拿屏風保護的。因為她身上的毛毛蟲（除了留下兩三條變成蝴蝶的例外），是我除掉的。因為我傾聽的是她，聽她自怨自艾，聽她自吹自擂，有時候甚至連她沉默不語我都聽。因為她是我的玫瑰。」

於是，小王子又回到狐狸這邊：

「永別了，」他說……

「永別了，」狐狸說。「喏，這就是我的秘密。很簡單：只有用心看才看得清楚。最重要的東西，眼睛是看不見的。」

「最重要的東西，眼睛是看不見的，」小王子重複了一遍，好牢記在心。

「你花在你玫瑰身上的時間，才讓你的玫瑰變得這麼重要。」

「我花在我玫瑰身上的時間……」小王子又說了一遍，好牢記在心。

「大人都忘了這條真理，」狐狸說。「可是你不該忘記。你現在永遠都得對你馴服過的一切負責。你要對你的玫瑰負責……」

「我要對我的玫瑰負責……」小王子又重複了一遍，好牢記在心。

小王子的玫瑰與狐狸

作者／王淳美

課文作者

　　安東尼・聖修伯里（Antoine de Saint-Exupéry，1900-1944），法國作家、飛行員，1900年6月29日生於法國里昂，1940年在二次大戰期間移居美國，1942年的夏秋之際，聖修伯里暫住在美國紐約長島，開始寫作《小王子》，1943年在美國紐約率先出版法語版和英譯版（*The Little Prince*）。其作品常呈現自身飛行經驗，例如《南方郵航》（Courrier Sud）、《夜間飛行》（Vol de nuit）、《風沙星辰》（Terre des hommes）、《給某人質的一封信》（Lettre à un otage）、《小王子》等書。

　　聖修伯里於1944年為祖國上戰場對抗納粹德軍，在該年7月31日執行一次飛航任務，從科西嘉島[1]起飛後不幸失蹤，從此下落不明，1944年獲得「法蘭西烈士」稱號。二次大戰結束後，1946年《小王子》才在法國出版法語版，從此《小王子》聞名於世，成為經典兒童文學代表作，至今盛

---

[1]　科西嘉島是西地中海的一座島嶼，也是法國最大的島嶼，處於義大利西方，法國東南部及薩丁島的北方。氣候為地中海式氣候。科西嘉島原屬熱那亞共和國，1768年協議賣給法國。

名不輟。直到1988年，根據報載有一名漁夫在法國馬賽港外海捕魚，收回來的漁網裡竟然有聖修伯里飛行員的手鍊，上頭刻了他的名字以及他紐約出版商的地址，世人才知道聖修伯里的行蹤，也揭曉其生死之謎。

課文譯者

　　繆詠華（Miao Yung-Hua），中英法文專職翻譯，譯作有《天上再見》（2013年龔古爾文學獎）、《懸而未決的激情 —— 莒哈絲論莒哈絲》、《布萊希特的情人》（2003年龔古爾文學獎）、《攻擊》、《甜蜜寶貝》、《明天準會不一樣》等譯著二十餘部。北美館及金馬獎、臺北電影節等文化類文本、各類書籍及電影字幕翻譯。擔任故宮博物院中英法語文物導覽志工，並為中央廣播電台「博物館時光 —— 故宮瑰寶」（L'Heure des musées）法語節目製作人暨主持人。目前著有《長眠在巴黎》、《巴黎文學散步地圖》等二書。

背景研析

　　《小王子》（Le Petit Prince）是全世界翻譯最多語文排名前幾名的作品，共有約250種譯文流通於全世界，是法國文學行銷全球的重要名作，被公認為世界性的好書之一。即便是中文的譯文也多至七十幾種，本文選自「二魚文化」於2015年10月出版，由繆詠華從法文直接翻譯成中文的版本。

　　小說以一個男性飛行員擔任敘述者，他在故事開頭告訴讀者，在大人世界找不到一個說話投機的人，因為大人都太著重實際了。接著，飛行

員講了六年前，他因飛機故障迫降在撒哈拉沙漠[2]遇見小王子的故事。神秘的小王子來自另一個B-612號星球[3]。小王子因為與他所照顧的玫瑰花嘔氣了，所以離開自己的星球去星際間旅行；在抵達第七顆星球──地球之前，小王子經過六個星球，遇見了國王、愛虛榮的人、酒鬼、商人、點燈人、地理學家，在地球則遇見蛇、三枚花瓣的沙漠花、玫瑰園、扳道工、商販、狐狸，以及飛行員等人物。依次敘述如下：

一、國王

國王是小王子離開自己的星球後拜訪的第一個小星球325號行星上僅有的居民。這個國王自稱統治所有一切，他的統治必須被尊敬和不容忤逆；然而，事實上他只是徒有虛名，活在自以為是之中。

二、愛虛榮的人

愛虛榮的人居住在小王子訪問過的第二個星球。他堅持要大家崇拜他，對別人的意見充耳不聞，他能接受聽見的只是一片讚揚聲。

三、酒鬼

酒鬼是小王子離家後遇到的第三個人。小王子問他為什麼整天喝醉

---

[2]　撒哈拉沙漠是世界最熱的荒漠，亦是世界第三大荒漠，僅次於南極和北極，其總面積超過9,400,000平方公里，與加拿大或美國國土面積相當。撒哈拉沙漠東至紅海，西至大西洋，南部邊界則為薩赫勒，包括撒哈拉以南非洲中部和西部的北端地區。

[3]　在《小王子》第四章提及一個土耳其天文學家，在1909年通過望遠鏡首先發現一顆名叫B-612的小星球，敘述者相信小王子來自這顆星球。當土耳其天文學家第一次在國際天文會議上論證他的發現時，沒人相信他──因為他的土耳其服裝。數年後，他穿著一套雅緻的西裝，又做了相同的論證；此次大家附和了他的意見。土耳其天文學家的兩次不同遭遇，反諷了人類以貌取人的勢利眼，以及種族歧視的偏頗觀。

酒，酒鬼回答說是爲了忘記自己感到難爲情的事，至於什麼事讓他難爲情呢？就是因爲整天喝醉酒。

四、商人

商人是小王子遇見的第四個人，屬於滑稽的大人。他坐在那裡爲屬於自己的星星計數，忙得連抬頭的時間都沒有。他認爲他擁有的星星可使他富有。然而他對星星沒做過任何有益的事。儘管小王子已見過一些奇怪的大人，但商人是小王子唯一批評過的大人。

五、點燈人

點燈人是小王子遇見的第五個人，也是一個較複雜的形象。點燈人日以繼夜地值勤，起初看來好似行爲荒謬；然而他的無私奉獻精神得到小王子的讚歎。點燈人是小王子到地球之前，唯一一個被他認爲可以做朋友的大人。

六、地理學家

地理學家是小王子到達地球之前見到的第五個人，也是最後一個。地理學家很有學問，他知道哪裡有海洋、河流、城市、山峰和沙漠。但他不了解自己所在的星球，拒絕自己去勘探，因爲那是勘探工作者的事。他推薦小王子去訪問地球，因爲地球聞名遐爾，值得探索。

七、地球

小王子後來到達地球。他漫步在沙漠尋找人類，他遇到了幾個人物如下：

㈠鐵路扳道工

　　小王子在地球遇見扳道工，扳道工調度著不斷往來的火車，火車載運著對自己所在之處永遠不滿的大人們。他同意小王子的觀點：具有童心的孩子們是唯一懂得欣賞和享受火車的人。

㈡賣解渴藥的商販

　　小王子在地球遇到一個販賣解渴藥的商人。吃了這藥就不需要再喝水，如此一星期可節省五十三分鐘，象徵大人世界因過分強調省時的荒謬。就小王子而言，寧可花那時間悠閒地去找一口水井，以此對稱出成人與童心的差距。

㈢五千朵玫瑰園

　　小王子看到一座盛開五千朵長像很類似的玫瑰園時，非常傷心。因爲他那在B-612號星球的玫瑰對他稱說：她是宇宙中獨一無二的一朵玫瑰花。之後小王子在狐狸的引導下，使小王子終於理解她們和他的玫瑰雖然類似，但因爲他給他的玫瑰蓋過玻璃罩，爲她豎過屏風以遮風擋雨，爲她除過毛蟲，聽過她的埋怨、吹噓，甚至忍受過她的沉默，使他的那朵玫瑰對小王子而言，成爲在世上惟一的一朵玫瑰花！

㈣狐狸

　　孤獨的小王子在傷心時遇見狐狸。聰明的狐狸要求小王子馴服牠，牠使小王子明白什麼是生活的本質。睿智的狐狸在道別時告訴小王子的秘密是：「只有用心看才看得清楚。最重要的東西，眼睛是看不見的。」是分離使小王子更思念他的玫瑰；歷鍊後的他終於明白：愛就是責任。至於藉由狐狸闡釋「馴服」的意義，乃建立連接關係的方式，彼此發展出一套相處的模式，接納對方進入自己的生活，並容許自己與對方產生彼此依賴的關係。

㈤蛇

　蛇是小王子在地球遇到的第一個動物；也是蛇最終咬了小王子，把小王子送回天堂。蛇告訴小王子自己很孤獨，使小王子認為蛇非常弱小。然而蛇卻告訴小王子自己掌握著生命的謎，牠之所以像謎語似地說話，是因為牠知道所有的謎底；蛇象徵權威以及永恆的謎。

 ## 核心素養

　《小王子》的敘事視角（point of view）乃以第一人稱敘事，大部份是飛行員在複述小王子一人旅行的故事。時空背景設在六年前的非洲撒哈拉大沙漠和太空，不過敘述者並未表明現在是什麼時代。飛行員與小王子在沙漠中奇遇般的相逢，既充滿童趣也帶有感傷；天真無邪的小王子面對大人世界的缺乏想像力，以及過度功利主義的現實，表露出無奈的遺憾。

　獨居在B-612號星球的小王子，只有三座與他膝蓋同高的小火山，但他每天清除火山灰，將之打掃得很乾淨。他只有一株玫瑰，但他細心灌溉她，每晚替她蓋上花罩，保護她不受風寒，並除掉她身上的毛毛蟲。他只有一顆比他自身大不了多少的星球，所以他按時拔掉猴麵包樹的樹苗，避免猴麵包樹的樹根鑽透整座星球。孤獨的小王子愛看日落，紐約初版的原文描繪小王子有一天在感傷時，看了44次日落。[4]有一天，他與被他「嬌生慣養」的玫瑰產生衝突後，獨自一人離開自己的星球，開始太空旅行。訪問鄰近的六顆星球，之後到達第七顆──地球。

　飛行員和小王子在沙漠中共同擁有一段極為特殊的友誼。當小王子在旅程中不斷想起他那朵嬌貴的玫瑰乏人照料時，便準備離開地球返回他的星球，面臨離別的飛行員非常感傷，最後他看見小王子虛弱的身影消失

---

[4]　聖修伯里於1944年離開人世時恰值44歲，在戰後1946年才出版的法國版《小王子》因此改為小王子一天看了44次日落，以紀念聖修伯里的離世。

在沙漠的稜線，不知所終。此後，飛行員一直非常懷念他們共度的時光，也為紀念小王子而寫了這部小說。小王子象徵著希望、愛、天眞無邪與埋沒在每個人心底的童心。雖然小王子在旅途中增長許多見聞，但他從沒停止對玫瑰的思念。至於那一朵喜歡賣弄風情的花，她的自負幼稚和嬌縱沒能讓小王子明白她對他的愛，反令他無法忍受而離家出走。然而在分開的日子裡，他卻每晚仰望燦爛星空，思念他的玫瑰，擔心她只有四根刺，無法抵擋外界的侵略。那一朵玫瑰時時出現在小王子的心房，象徵彼此的「馴服關係」。至於小王子遇見狐狸所產生的哲理對話，則是膾炙人口的片段，充滿浪漫與感傷情懷，也令人記得小王子的純眞，與他那頭可愛金髮，風吹過來時會如麥田波浪起伏，以及那條金黃色的長圍巾隨風飄盪的意象。在短暫幾天的固定時間，小王子與狐狸建立一段屬於彼此之間的「馴服關係」，從而讓小王子眞正理解他與玫瑰花之間那種獨一無二的「馴服關係」。

《小王子》全書帶有探險、神秘和哲理的語彙。最後小王子被蛇咬了之後，結局如何？呈現開放性結局的神秘感。雖然小王子被蛇咬了死去，靈魂輕飄飄地返回他的星球，然而飛行員第二天日出後，並沒有找到小王子的軀體。傷感而懸念小王子的飛行員最後寧可相信：這孤獨的小王子已順利返回自己的星球，留給世人一點寬慰的懷思。

分組討論報告單

系別：　　　　　　報告者姓名：

學號：　　　　　　組員簽名：

議題：閱讀本文後，請舉實際例子探討兒童世界與成人世界的
　　　差異。

成果：

素養學習單

系別：	姓名：

學號：	日期：

題目：請敘述你與何人或何物曾經產生「馴服關係」的經驗？

習作：

三、本土與國際意識

荖濃溪畔的六龜

作者 / 劉克襄

 課文

　　冬初時，前往六龜旅行，是要去圓夢的，因為在臺灣自然誌的光譜中，六龜是最亮的一顆。

　　我隨身攜帶了兩個背包。小背包掛在肩上，裡面擺著地圖、衣物、望遠鏡和鳥類圖鑑，輕盈而無負擔。大背包卻扛在心上，存藏著百年來各類有關六龜地區的自然人文，沉重得難以負荷。

　　凌晨，我和同事小曾從臺北南下，抵達六龜時，正逢清晨的霧雨，這是欣賞六龜的好時機。陰雨的六龜曾被譽為臺灣的桂林。一百年前，英國攝影家湯姆生（J.Thomson）[1]扛著笨重的攝影器材，抵達荖濃溪西岸，仰望十八羅漢山時，就如此讚歎：「二百公尺高的連續險岸聳然壁立[2]，俯瞰[3]著乾河床，成為筆墨難以形容的迷人風景。」「世界上已難有一地，能指望比臺灣的

---

[1] 湯姆生：蘇格蘭籍攝影家約翰・湯姆生（John Thomson，1837-1921），1865年抵達高雄。湯姆生可能是最早攝取臺灣影像者之一，所攝取的影像以民族誌、人像、植物、地理、地質、風景特徵為主。
[2] 聳然壁立：聳然：高聳貌；壁立：像牆壁一樣直立，形容山石陡峭。
[3] 俯瞰：從高處往下看。瞰音ㄎㄢˋ。

自然環境更好了。」但湯姆生並沒有跨過荖濃溪，進入更美麗的中央山脈，因為一個月前，有二個漢人試圖到對岸，結果，被出草的布農族襲殺。

荖濃溪源自北邊的玉山，穿越我們島上最晚探勘的南玉山區，流經這裡時，將大地劃分成二個世界。百年前，東岸仍然是布農族的國土，西岸到月世界的惡地形才散居著平埔族，與客家人混居。但百年後，走在六龜的街上，誰是平埔族的後裔已難辨識。溫馴、誠實的平埔族早被漢人同化，對岸的布農族也遷移了，部落舊址杳然[4]無存。

不同的時代，不同的旅行方式。我們搭乘這世紀對自然最具威脅性的交通工具——汽車，帶著透過車窗所擁有的、了無意義的地理印象，輕易渡橋。然後，換搭林試所的吉甫車，前往十五萬分之一地圖仍然沒有登記的南鳳山。地圖上雖然沒有姓名，南鳳山可是小巨人，海拔高達一千七百公尺。頂峰旁的小屋，像隻赤腹山雀[5]般，小巧地偎在它的肩上。今晚，我們準備在那裡與森林過夜，明晨再翻山去扇平。

鳥畫家何華仁，戴著野鳥學會的迷彩帽，站在一座小橋，等候我們。瘦小的他，才在六龜蟄居[6]一年，如今卻是最熟悉這裡動物地理相的人。過了橋，吉普車吃力地爬上陡坡，顛簸地穿過濃霧的林間小道。

車上，除了司機，我們三位旅行人，還載著兩天的口糧：粗

---

[4] 杳然：渺遠貌。杳音一ㄠ ˇ。
[5] 赤腹山雀：體長11公分，臉頰、頸側潔白，頭頂至頸及喉、上胸為黑色，體背、翼及尾羽鉛灰色，胸腹整片赤褐色，嘴黑色，腳暗青色。
[6] 蟄居：比喻人隱藏不出，像動物蟄伏一樣。

麵、麵筋、瓜子肉罐頭。臺灣的山上已有太多垃圾，隨身只帶這些吃的東西，夠了。

　　吉普車穿過山黃麻的山麓，進入臺灣杉的世界；我們正經過典型的臺灣中海拔。日子入秋，檸檬桉正要嘩然[7]落葉，仍有其他草木勇健地迎向寒冬的天空。每處山坡都有裡白蔥木傲然盛開的金黃圓椎花叢、山芙蓉熱烈綻放的粉紅花蕊。它們使入冬的山有朝氣蓬勃的錯覺。南部的森林大抵是這樣，總覺得少了一個冬天。

　　車前一對雨刷，不停地揮拭著結成水滴的雨霧。這種天氣要做自然旅行，很難豐收的。獼猴不肯露面，猛禽科也不會盤飛，只能奢盼藍腹鷴[8]。但我們經過的林間小道，不過走出幾隻小竹雞，沿著小山溝找甲蟲。較空曠的旱地，也只孤立著鶇科候鳥。

　　第一位發現藍腹鷴的人，是英國首位駐臺領事郇和[9]。一八六六年，郇和在臺的最後一次旅行，就是上溯荖濃溪，在這附近遇見獵人圍捕水鹿。他原本計畫由此攀登玉山，前往東海岸一個叫鳥石鼻的小臺地。可惜，半路被召回中國大陸。郇和這趟旅行有許多自然誌的意義。放諸早期交通史亦然。在那個殖民主

7　嘩然：吵嚷貌。
8　藍腹鷴：藍鷴又名藍腹鷴、臺灣藍腹鷴，是一種大型雉類，雄性通體藍色。它的近緣種白鷴與之形態相似，都在高山林地生活，但二者體色一藍一白，且藍鷴只在臺灣島內山地有分佈。
9　郇和：郇和（Robert Swinhoe，1836-1877），英國外交官，博物學家。郇和生於印度加爾各答，18歲便進入英國外交部擔任外交官，曾長期擔任英國駐廈門、打狗（今高雄）等地領事。任內調查了中國南方和臺灣的自然生態，在英國皇家鳥類學會的Ibis雜誌發表了很多關於中國鳥類調查的文章，他曾經發布了世界上最早的系統的中國鳥類名錄和臺灣鳥類名錄。現在臺灣記錄的鳥種中，有超過三分之一是郇和首先報導的。

義當道的年代，六龜一直被漢人認定是上玉山的主道，外國探險者不斷。同年冬初，《老臺灣》的作者必麒麟[10]（W. Pickering）也由此出發，在一名高砂族老婦與二名羅漢腳的引導下攀上玉山。這項傳奇，他都寫在書中。只是後來的人均抱持懷疑。冬天上玉山，皓皓[11]白雪隻字未提，誰相信呢？

　　上述是六龜探險的黃金年代。又過十年。日軍侵臺，牡丹社事件[12]爆發，沈葆楨[13]下令開鑿八通關[14]中路後，六龜的地位才陡然下降，一路滑跌至今。現在，想上玉山的人，泰半選擇東埔、水里一線，或從阿里山越嶺而去。歷史上的荖濃溪早被遺忘了。

　　中午，抵達南鳳山的小屋，巡山員和司機離去後，整座南鳳山剩下我們三人，還有傳說中的日本兵鬼魂。午後，霧雨更加濕重。套上雨靴，進入長滿紫花霍香薊的伐木小道，花海二旁盡是砍伐後的二次雜木林，大概三、四十年左右，充滿蒼翠盤

---

[10] 必麒麟：必麒麟（William Alexander Pickering，1840-1907），英國人。雖僅在臺7年，卻為當時西方列強插足島上事務的代表性人物。1863年抵臺，隔年成為打狗子口的海關檢查員。1866年為尋找茶葉和肉桂，前往魯凱族聚居的六龜里（今高雄六龜鄉），並在該地原住民的帶領下，成功地深入中央山脈探勘。著有 *Pioneering in Formosa* 傳世。

[11] 皓皓：潔白貌。

[12] 牡丹社事件：1874年琉球王國船難者，遭臺灣原住民殺害，日本藉故出兵攻打清朝臺灣府以南原住民部落，隨後中日兩國發生外交折衝。這是日本自從明治維新以來首次對外出兵，也是中日近代史上第一次的重要外交事件。中國大陸和臺灣稱之為牡丹社事件，而日本則稱為臺灣出兵或是征臺之役。

[13] 沈葆楨：沈葆楨（1820-1879）是晚清「同治中興」時洋務運動的重臣之一，先後曾任總理船政大臣及南洋大臣，對臺灣近代史也有重要影響。

[14] 八通關：以中央山脈大水窟為分界點，分東、西二段，東段由大水窟至花蓮玉里，長約83公里，西段由大水窟至南投信義鄉久美，長約42公里，即目前所稱之「日治時代八通關越嶺古道」，總長125公里，橫貫全線約需行走8天。

然[15]的生嫩，殊少翁鬱[16]老成的林氣。它們還要一百年，也就是二〇八八年吧？才會長成原始闊葉林的相貌，那時，它才會恢復成一八八八年清末的林相。

一隻藍磯鶇[17]站在伐後草生地的枯枝上，銹色滿身，膽小而驚懼，大概才從北方飛來不久吧！這是今天看得最清楚的鳥類。林內傳來的鳴啼，都是常聽見的山音。近幾年，疏於入山，我的聽力銳減，常把松鼠和昆蟲的叫聲混淆，誤為鳥鳴。六年前，旅行關渡，我教何華仁沿淡水河認鳥，現在反要靠他點醒。每年十一月，他都要在此做繫放工作。晚間掛網，清晨取鳥；測量牠們的尺寸，磅秤重量後放回。

我問他：「為什麼不畫鳥了？」

他說：「不急於這一時，觀察久一點，畫得較準確。」

他比較樂於跟我討論羽毛和鳥巢的問題。

在這裡住久了，他的腦海似乎存有一張無形的地圖。哪裡會有什麼生物，大致都能判斷出來。我靦腆地[18]尾隨於後，最後回到屋前的蓄水池，尋找如雷鳴的蛙聲。池中有隻墨綠的樹蛙，眉線金黃，後趾蹼帶紅。莫氏樹蛙？[19]臺灣的樹蛙不及十種，我們竟辨識不出，只好照相記錄，或者是新種也說不定。

我們試走明天要翻越的御油山小道。面向東方的山坡有一處

---

15 盎然：洋溢。盎音尢ˋ。

16 翁鬱：音ㄨㄥˋ ㄩˋ。草木茂盛貌。

17 藍磯鶇：雄鳥的翼面及尾羽，為黑色且帶有藍色細邊，胸部下方及腹部為咖啡色，其餘部分為深藍色；雌鳥為灰褐色，腹面有鱗狀斑紋。

18 靦腆地：害羞，不自然地。

19 莫氏樹蛙：是臺灣淺山地區最常見的綠色樹蛙，分布也最廣泛，成體的大小約4～5公分。別名臺灣樹蛙，是臺灣特有物種。

伐後的草原，臺灣杉不過是二三公尺的幼童期。這兒是大群斑紋鷦鶯[20]與蜘蛛的家園。每隻鷦鶯都藏在草叢，藉聲音傳遞訊息。等了約莫半小時，只聞滿山鶯啼，竟不見一隻。蜘蛛則在杉樹到處張網，結成立體狀的大迷宮，有的狀若燈籠，牢固地足以捕捉大牠們百倍的鷦鶯。

回途，遇上一隻鼬獾，踽踽獨行[21]，暴躁地向我們發出咕噥聲。我們似乎擋住牠的去路。對峙十數秒後，牠才不情願地放棄，鑽入草叢裡。通常，在潮濕的原始林或次生林下，鼬獾的足跡最容易辨認，親眼看到卻不容易。每回上山，遇見哺乳類，我總會心驚，悲憫地心驚。我害怕自己看到的，都有可能是最後的幾隻。

五點，山上的夜來得快；費了一陣時間轉動柴油發電機，這才帶動小屋的日光燈發亮。屋內略有山上慣常的陰溼霉味，但比我經驗中的其他高山小屋乾燥。房間內除了木床和桌椅外，還有一具時鐘與電視。電視是這兒唯一能和山下單向溝通的工具。看守小屋的，通常是一位巡山員，他得獨對森林與電視。按何華仁的經驗，假如一個月不下山，只看電視新聞，足夠知道山下發生何事了。但一個人整天和電視做伴，是什麼樣的日子呢？有些自然科學家還希望電視也不要，讓自己更專注於野外工作。他們多半不喜歡與人、與都市接觸，更遑論溝通。

---

[20] 斑紋鷦鶯：俗稱斑紋布袋鳥，為普遍的臺灣特有亞種。全身有黑褐色的縱斑，尾羽甚長，佔身長一半以上；與褐頭鷦鶯及灰頭鷦鶯，均因善於築巢而被統稱為「布袋鳥」及「芒噹丟仔」；自平地至中海拔山區之開墾地芒草叢中，都可見牠們的芳蹤。

[21] 踽踽獨行：孤零零地獨自走著。踽音ㄐㄩˇ。

三年前，耶誕夜後一天，靈長類學者戴安佛西（Dian Fossey）[22]之死就是一例，與其說她是被非洲土著謀害，還不若說是早被整個文明世界隔離。佛西生前最後幾個月，未跟人說過一句話，雖然她的同僚，只住在百公尺外的另一營地。

　　一隻白耳畫眉飛到屋前的臺灣杉，啄食寄生於上的愛玉子，這是牠今天的晚餐。我們也開始進食，瓜子肉、麵筋拌入粗麵。飯後，何華仁提手電筒，出門找貓頭鷹。我取出賞鳥記事本，花半小時，記錄今天發現的鳥種與動物。這本手掌大的記事本，沾滿汗泥與草跡，封面也磨損多處，破舊不堪。十年來，我用了三本，寫的盡是鳥事，除了何月何時何地，加上各類鳥名和植物學名，還有一大堆數目字。最近許是年紀大了，漸漸對數目字感到寒心，害怕某種疏離感的侵噬[23]——雖然數目字透露許多生態的訊息。我比往常花費更多時間，添加有生活想法的文字敘述。文字敘述讓我感到厚實的溫暖，好像對童年以後，繼續活著的生命有了交代。

　　八點，天空露出幾顆小星，還未及辨識，又隱沒雲層。有隻領角鴞[24]卻被吸引，發出「霧」聲；也只短吁一聲，森林又靜寂下來，只剩蓄水池的那隻樹蛙，繼續大鳴。五公分不到的身子，牠已從中午叫到現在。不知道吸引到同伴去否，或者，那是

---

22 戴安佛西：戴安佛西（Dian Fossey，1932-1985），出生於美國舊金山，後成為知名的動物學者；1967年開始觀察金剛黑猩猩，與之生活近18年。
23 侵噬：侵害吞噬。
24 領角鴞：小型猛禽，全長25釐米左右。上身及兩翼大多灰褐色，體羽多具黑褐色羽幹紋及蟲蠹狀細斑，並散有棕白色眼斑；額、臉盤棕白色；後頸的棕白色眼斑形成一個不完整的半領圈；飛羽、尾羽黑褐色，具淡棕色橫斑；下身灰白，嘴淡黃染綠色，爪淡黃色。棲息於山地次生林林緣。

牠的領域，正警告同類不准進來？白天的林間小道，佈滿了雨後的小水灘，成千的蝌蚪蝟集在那小小的空間裡，爭取生存的權利，等待著變成成蛙。牠們是森林中最善於利用雨水的脊椎動物。

星子隱逝後，又有連續的嘶聲，穿透闇昧[25]闃然[26]的夜幕。一隻白面鼯鼠像流星般劃空而來，亮著一對發光的金眼珠，倏忽掠過屋頂。牠開始上班了。對大部份動物而言，整個森林這時才開始熱鬧起來。森林是屬於夜生活的。白晝不過是鳥類、蝴蝶，還有我們這些山中過客在活動。當森林的夜市開鑼，我們卻懵然[27]窩入發霉的被褥，蜷縮著自己，酣然入夢。

隔日清晨，西南的窗口陳列著淡黃的曙光和清遠的淡雲。從窗口的景色研判，何華仁起身的第一句話就說：「太陽出來，猛禽科也該現身了。」太陽一出，山谷會有蒸騰而上的熱氣流，猛禽科知道如何利用熱氣流的對流原理。藉它的運送，不斷地盤飛、滑行，升至頂空，鳥瞰下面的森林。

我們走出門，滿山盡是迎接陽光的鳥語。果然，一隻碩大的林雕[28]，從御油山的稜線赫然浮升，發出嬰孩起床似的哭啼。牠是臺灣最大的猛禽，傳說中會爪掠小孩的老鷹。遠遠望去，一身烏亮，只尾羽露出淡灰的細橫斑與黃爪。探鳥十年，第一次見到林雕。不知臺灣還剩下幾隻？看到這食物鏈最高階的龐然巨物

---

[25] 闇昧：音ㄢˋ ㄇㄟˋ。昏暗不明。
[26] 闃然：寂然、悄然。闃音ㄑㄩˋ。
[27] 懵然：糊塗無知的樣子。懵音ㄇㄥˇ。
[28] 林雕：鷹科林雕屬鳥類，分佈於東南亞和南亞的巴基斯坦、印度和斯里蘭卡等地區。常見於山林，築巢於常綠森林的高樹上。

浮出，對這座森林、對臺灣的高山，我有著強烈而衝動的感謝。林雕跟我們一樣餓了，一連幾天的陰雨，牠大概也蟄伏[29]一段時候，趁這時出來覓食。我們回到屋內吃昨晚的剩物。牠仍在屋頂上空徘徊，直到我們再出發，依舊滯留在附近的山頭。

上抵御油山的稜線後，要到扇平，必須穿入濃密的檜木林。這裡有日據時期的舊碉堡與古道。古道大抵沿稜線的起伏築成；清末與日據時期，橫越中央山脈，都靠這種築路方法，艱難地翻山涉水。布農族可不興這一套，在他們眼裡，只要是大地，到處皆有路。他們也常常惡作劇，四處破壞當時的山道。日本人在開拓橫貫道時，遂遇著清末開山撫番的同樣困境，更不時傳出探勘隊遇難的消息。

一九〇九年，臺灣總督府派出的探勘隊，首度進入此地山區，企圖找出屏東與臺東間交通的橫貫道。其中一支由最北一條——六龜至臺東，採直線式橫越。結果，兩名探查的警察遭到襲殺，無功而返。時隔一年，又為布農族阻撓；一直拖到一九二〇年代才測定，完工。這條橫貫道的打通，為何困難重重，除了布農族不願受到入侵，採定的路線不當也是主因。日本人一直想從六龜直接橫越出雲山，然後下鹿野溪抵臺東。出雲山就站在南鳳山右側，海拔二千七，是中央山脈主軸。南鳳山和它比，只及腰肩。

這條路開通後壽命也不長，和清末的中路一樣，鳥道一線，旋開旋塞。三〇年代，連臺灣山岳會的登山人都對此路缺乏興趣，寧可繞遠道，從六龜繼續上溯荖濃溪，到北邊的關山去翻

---

[29] 蟄伏：動物藏伏在土中不食不動。

嶺，再南下臺東。日後，這條關山路遂大致成為政府開拓的南橫公路。御油山稜線是否為二〇年代的遺址？我對此問題充滿興趣。近年來，有些史學家也熱中古道研究，因為中央山脈仍有許多未為人探出的古道，掩埋在莽莽[30]荒草中。

一路下坡。穿過參天的紅檜、墨綠的孟宗竹後，進入肖楠的原始闊葉林。這條林間小道，有二三個月沒有人跡，路面覆滿姑婆芋和其他草本植物。我們持木條不斷撥探、劈砍，仍然迷失在林心。幸好未起山霧，螞蝗和蛇類也未活動，否則勢必要延誤下山的計畫。十一月了，大部份蛇已冬眠，這時若遇到，八成是有毒的青竹絲。

走了四小時，中午才接近扇平林區。一隻藍腹鷴從頂空的林枝上竄入草叢，疾走遁失。我只看到一團大黑影，懊惱不已。去冬，一個起濃霧的清晨，何華仁曾帶著兩名探鳥人，尾隨五隻藍腹鷴，走在南鳳山的林間小道。他們保持廿公尺的間距，陪藍腹鷴家族走了兩百公尺的路，時間約十分鐘。這是我聽過，觀察藍腹鷴最不可思議的記錄！

午後，我們到水塘拜訪有名的拉圖許氏蛙[31]。拉圖許（La Touche）是英國人，和發現貓熊的大衛神父一樣，都是早期探查中國內地動物的重要人物。一八九三年時，他從臺南府穿過惡地

---

[30] 莽莽：草木茂盛幽深的樣子。
[31] 拉圖許氏蛙：是英國博物學者Geogre A. Boulenger以英國人拉圖許（La Touche，1861-1953）命名的蛙類，命名的模式標本採集自中國福建。拉圖許對自然歷史事物非常有興趣，21歲時就抵達中國，並逗留長達三十年。其間拉圖許三次造訪臺灣，在他的第一次臺灣探險之旅，曾在大武山腳和以他之名命名的拉圖許氏赤蛙相遇。

形，試圖來六龜探查，結果走到楠梓仙溪的杉林就放棄了。因為瑞典的探險家霍斯特（A. P. Holst）已捷足先登，他不想重複調查，於是去了大武山山腳。昨天，在南鳳山時，我曾看到一隻孤獨的黃山雀，落腳在大霧中的枯樹上。霍斯特是最早採集黃山雀的人，第二年離臺即病死。我們因黃山雀，知道他來過六龜，也去了阿里山；但來臺一年中，他還去過哪裡呢？早年的文獻並未漏露更多的消息，留下一團迷霧給我們。

早期自然誌，前來六龜的博物學者中，拉圖許、霍斯特都是滿清末年的人物。日據時期，六龜成了京都帝國大學附設臺灣演習林事務所。聚集此地工作的學者，人才輩出，毋庸贅述。但其中有位值得一提，他是著名的蝶類專家江崎悌三[32]。一九三二年，江崎氏第二次來臺採集，從臺東縱走關山一線，南下六龜，有一夜搭宿事務所，在發電所的電燈下，採集迄今仍未被重視的甲蟲與蛾類。六龜山水是否可比桂林，見仁見智，甲蟲與蛇類確是冠於全臺。

令人驚嘆的，這幾年，日本昆蟲學界仍有人悄悄來臺，直抵六龜，默默從事類似的基礎工作；臺灣目前最好的蝶類圖鑑，還是由八〇年代的日本學者編纂而成。

先不管日本學者了，一和他們比較，就會令人汗顏羞愧。六龜也是現時國內自然學者從事中海拔動植物調查的聖地。例如李玲玲在做獼猴生態研究、徐仁修在拍攝哺乳類動物、劉燕明在製作十六釐米自然誌的記錄片……荖濃溪以東，象徵著我們最後

---

[32] 江崎悌三：江崎悌三（1899-1957），日本昆蟲學家，東京市人。1921年曾來臺採集旅行，並撰有《臺灣採集旅行記》。

的希望。沒有六龜，臺灣自然誌勢必失色不少，佔臺灣最廣的中海拔森林也無多少重要事蹟了。

黃昏時，走過金雞納[33]處理場，一隻亞成鳥[34]的朱鸝[35]站在白飽子上，旁邊有傲骨瘦立的檸檬桉。這裡是臺灣最容易見到朱鸝的所在。牠也是東亞第一位賞鳥人郇和筆下，臺灣最美麗的鳥種。

何華仁跟我說：「你很幸運，才來兩天，林雕、藍腹鷴、朱鸝都看到了。」

是嗎？我透過望遠鏡遠眺，無奈地苦笑。朱鸝正在陽光下整理羽毛；右肩、左翼、尾羽。攤開，收攏，再逐一攤開，亮著透明的翡翠紅。啊！我寧可全臺灣的人都看到牠們，認識這些一起生活在島上的稀世鳥種。

「鳥」作家的自然書寫

作者／羅夏美

課文作者

劉克襄，1957年生，臺灣臺中縣人。本名劉資愧，因為他父親早年

---

33 金雞納：金雞納樹又名雞納樹、奎寧樹、金雞勒。約包含25種的物種，屬常綠灌木或小喬木。
34 亞成鳥：第一次換羽後到成為成鳥之間的鳥。
35 朱鸝：瀕臨絕種的朱鸝，羽色深紅和烏黑對比，很是艷麗，嘴喙鉛藍色。

熱衷於社會主義思想，命名中「資」指資本主義，「愧」意為慚愧，三歲後改名為克襄。大學時代以寫政治詩步入文壇，文化大學新聞系畢業，其後成為詩人、小說家、報刊編輯、自然觀察者、臺灣史旅行研究者⋯⋯。

作者長年熱衷於孤獨行旅，遊賞並書寫臺灣山水；初時多關注鳥類生態，他冷靜紀實與關懷鄉土的文字風格獨樹一幟，鼓動了臺灣自然寫作的風氣，因而獲有「鳥人」、「鳥作家」的戲稱。曾歷任《臺灣日報》、《中國時報》、自立報系等報刊編輯，同時以自然人文踏查[36]及寫作為職志，長期研究自然誌、博物誌、旅行歷史與山川古道等，盡心觀察臺灣風物，並加以拍攝、紀錄、繪畫與創作，發表了詩、散文、小說、兒童文學、繪本、自然旅行指南等多種文類。曾獲中國時報文學獎、吳三連文藝獎、新聞局最佳圖書創作獎、聯合報最佳書獎等多項榮譽。著有四十餘部作品。

劉克襄的各類著作中，以「自然寫作」散文質量最豐。從《旅次札記》、《隨鳥走天涯》開始，作者摸索苦中作樂的田野行旅，知性地反思生態危機，隱而不露地批判社會，筆法簡潔冷雋而有詩意。往後更廣泛涉獵自然誌和動物學，在《消失中的亞熱帶》、《自然旅情》中，拓展新異的自然觀察策略和美學思維，嘗試將自然寫作「學術化」。《小綠山三部曲》系列，作者的觀察與研究更形厚積而沈澱，試圖在自然科學、社區運動、鄉土教學、感性詩情等多元發展中另闢新局。到《山黃麻家書》、《綠色童年》中，作者以父親、環保志士的溫暖筆調，帶領孩子尋找和實踐可行的生態人文觀察活動，為自然教學開創新意。

作者長年以保育自然生態為生命志業與書寫題材，在不同階段多重層次上深耕與廣拓。他參與動物觀察、賞鳥活動、歷史勘查、鄉土教育、山野踏查、社區營造、環保運動等，打開了細膩、深摯認識臺灣的新視野；

---

[36] 踏查：實地查看。

小自草木鳥獸蟲魚，大至地理文史，並重自然體驗與人文思考，不斷嘗試各種生態寫作題材和方式，將自然寫作，提升成一個蛻變而獨立的新文類。

 ## 背景研析

　　劉克襄是臺灣八〇年代「自然寫作」的代表作家，〈荖農溪畔的六龜〉曾多次入選於各式文選。荖濃溪源自玉山東峰，溪水一路蜿蜒往西南流淌，經過高雄縣境荖濃及六龜等農鄉，其後與旗山溪會合，往下即稱高屏溪。荖濃溪沿岸是典型的河谷地形，如蝕谷[37]、肩狀稜[38]、沖積扇[39]等；頗具獨特的地質景觀，如六龜鄉的獨立山頭、峽谷、曲流等；屬中、低海拔的氣候，林相與鳥訊豐富，四季都適宜旅遊；水質澄澈的荖濃溪，自成河川生態體系，孕育著保育類的高身鯛魚。

　　〈荖濃溪畔的六龜〉敘述作者在高雄縣六龜鄉的旅行與觀察，文章中把六龜的自然生態與歷史人文，厚積薄發[40]地做了詳實的紀錄，內容博文強記而不賣弄，文字清新質樸卻能引人入勝。這是定點、深度的「旅行文學」，旅遊視角細入而廣延，關懷的是人與自然之間的和諧對話。

　　這篇文章原發表於《自然旅情》（1992），此書的主要議題是「歷史旅行」與「自然誌[41]書寫」。書中使用不同的文體，將與自然相關的歷史、人文、動植物、人物等，交織編寫成知性與感性兼具的「自然寫

---

[37] 蝕谷：山谷間由河川剝蝕而形成的寬闊、平坦、橫剖面呈U字型的谷地。
[38] 肩狀稜：山的稜線如肩膀般隆起的部份，但非山的最高點。
[39] 沖積扇：山地河流出口處，因為坡度變緩，流速減低，河道變寬，河水攜帶的物質大量堆積於此，形成坡度較緩，外形如同摺扇的臺地，故名沖積扇。
[40] 厚積薄發：厚積：指大量地、充分地積蓄；薄發：指少量地、慢慢地放出。
[41] 自然誌：自然誌亦稱博物誌、自然史。是敘述自然的學科，包括動物、植物和礦物的種類、分佈、性質和生態。

作」。書分五輯，歷史旅行議題多在第二輯，收文八篇，〈荖濃溪畔的六龜〉即是其一，此文使用自然小品文體，融歷史地理、生態研析與文學興味於一爐，其它各輯多屬自然誌，末卷則用報導文學體，記敘自然誌相關人物。《自然旅情》中的主要議題和書寫體式，都或隱或顯地出現在〈荖濃溪畔的六龜〉一文中。此文其後收入於《劉克襄精選集》（2003）。

在高度工業化的社會中，人們常為了經濟利益而破壞環境。八〇年代以來，環保意識、生態觀念初興，關懷自然的書寫漸起。臺灣自然書寫的基本要義是作者必須親自涉入自然之中，並用文學性及科學性的語言，書寫自身所體會到的實際經驗，創作出具有個人風格的作品。自然書寫有別於一般遊記，它強調作者的感官與心靈對自然的直接體驗，而且可能需要結合自然誌、自然史、文化史、土地倫理學等相關知識，是兼重知性與感性的書寫。書寫的重點在於自然與人的互動，透過自然觀察、學術研析和感性感受，以展現某些層次的人文思索。

核心素養

「核心素養」意指「一個人為適應現在生活及未來挑戰，所應具備的知識、能力與態度。」；「核心素養之本土與國際意識」意指具備自我文化認同的信念，並尊重與欣賞多元文化，積極關心全球議題及國際情勢，且能順應時代脈動與社會需要，發展國際理解、多元文化價值觀與世界和平的胸懷。

〈荖濃溪畔的六龜〉一文，切合於自然書寫的基本要義，涉及幾個自然書寫的重要主題，其一是記錄六龜的自然生態：從陡岸、河床、山脈地形，到林雕、藍腹鷴、朱鸝山鳥，紅檜、孟宗竹、肖楠林相等，都簡潔專業又繪聲繪影地加以記敘；其二是爬梳六龜的歷史與人文：從早期交通史、牡丹社事件、古道掌故，到布農、平埔、漢人各族群的不同習性，都由點到面又牽連深廣地加以提點；其三是側寫與六龜自然誌相關的人物：

從湯姆生、郇和、拉圖許、江崎悌三，到何華仁、李玲玲、徐仁修和劉燕明，都重點提示又惺惺相惜地加以素描；其四是六龜自然旅行的人文省思：如由自己的登山行旅，而反省垃圾、汽車對自然的污染，由觀賞雄偉的林雕，而對山林產生「強烈而衝動的感謝」，由觀賞美麗的朱鸝，而祈願「全臺灣的人都看到牠們」，由翻檢滿是生態數據的筆記，而省思應多添加厚實、溫暖而「有生活想法的文字敘述」。

這篇文章是「自然小品」文體，雖然作者在旅行之前，已做足研究功課，心上「存藏著百年來各類有關六龜地區的自然人文」，但作者並不是把它寫成結構嚴謹的學術報告，也不是把它寫成結構勻稱的美文小品，而是讓六龜的背景知識，如星點散佈地點綴在隨機的旅行聞思中，結構率性而自然。「朱鸝正在陽光下整理羽毛；右肩、左翼、尾羽。攤開，收攏，再逐一攤開，亮著透明的翡翠紅。」這是劉克襄文字風格的典型範例，一邊是簡潔精練的知性敘述，一邊是螢光閃爍的感性詩意。希望全臺灣的人都能「認識這些一起生活在島上的稀世鳥種」。

本文作者並沒有飄洋過海去尋奇獵艷，他只是數十年如一日的在臺灣島上上山下海、大城偏鄉到處踏查，誠懇樸實地去走讀並記載臺灣每一處美麗而彌足珍貴的自然生態；他深切地愛著臺灣天地，認同、讚揚並呼籲珍惜臺灣的風土人文；他紮紮實實地做足功課，鉤沉並爬梳清朝人、蘇格蘭人、英國人、日本人……在臺灣自然史及博物誌上的歷史貢獻，虛心地與當代臺灣生態紀錄、保護人士互相切磋；從國際探險、拓荒、研究者的眼光，反思臺灣自然書寫／紀錄的強項與局限；投注他畢生的精力於國際環保趨勢與臺灣本土自然議題；篳路藍縷地開拓了臺灣自然書寫的一條命脈，帶動臺灣社會對自然生態的注目與關懷。這個「本土與國際意識」的信念，是劉克襄以自然勘查及寫作為終生職志的基本動機，也是劉克襄文章之所以動人的深層原因——潛藏不露，卻堅實地為自己的生命意義，也為臺灣，盡一點心力。

分組討論報告單

系別：　　　　　　報告者姓名：

學號：　　　　　　組員簽名：

議題：「生態解說」：如果你是六龜生態區解說員，請解說六龜有哪些值得珍視的自然生態、歷史文化、人文省思、自然誌相關人物……？並請建議遊客如何關懷與保存六龜之美？

成果：

素養學習單

系別：　　　　　　姓名：

學號：　　　　　　日期：

題目：請仿劉克襄文章，為南臺校園的草木鳥獸與歷史人文，做一深度探查，並書寫遊記。

習作：

望嶽

作者／唐・杜甫

 課文

岱宗夫如何¹？齊魯青未了²。
造化鍾神秀³，陰陽割昏曉⁴。
蕩胸生層雲⁵，決眥入歸鳥⁶。
會當凌絕頂，一覽眾山小⁷。

---

1 岱宗：泰山的別名，位於中國山東。岱，始；宗，長。泰山被尊為五嶽之首，故稱。夫：語氣詞。如何：猶言「怎麼樣」。
2 齊魯：春秋時代的兩個古國名。齊國在泰山之北，魯國在泰山之南。青：指青綠的山色。未了：無盡。
3 造化：大自然。鍾：聚集。神秀：神奇秀麗。
4 陰陽：山南為陽，山北為陰。割：劃分，區分。
5 蕩胸：滌盪心胸。蕩：搖動，洗滌。曾：同層。
6 決眥：極力張大眼睛。決：裂開。眥：眼眶。入：沒。
7 「會當」兩句：語出《孟子・盡心上》：「孔子登東山而小魯，登泰山而小天下。」

青年杜甫的澎湃山情

作者／呂昇陽

課文作者

杜甫字子美，號少陵野老。原籍襄陽（今屬湖北），後遷居鞏縣（今屬河南），初唐著名詩人杜審言之孫。生於唐玄宗先天元年（西元712），卒於唐代宗大曆五年（西元770），年五十九歲。

杜甫的生平大概可分為四個時期：

一、讀書遊歷時期（三十五歲以前）

杜甫早慧而好學，十四五歲便能與當時的文士酬唱，並得到極高的推崇。二十歲以後，詩人便開始他壯遊的生活，先南遊吳越（今江蘇、浙江一帶），二十四歲返回洛陽參加進士科舉不第，第二年起又放蕩齊趙間（今山東、河北一帶），過了幾年「裘馬頗清狂」的不羈歲月。充滿豪情氣概的〈望嶽〉詩即作於此時。

二、困居長安時期（三十五到四十四歲）

天寶五年，杜甫懷著崇高的政治理想來到長安，希望可以一展抱負。杜甫首先參加科舉考試，但因奸相李林甫作梗而使得該屆無一人及第，其後杜甫不斷向王公大臣投詩干謁，甚至向唐玄宗進獻〈三大禮賦〉，卻依然沒有得到真正的賞識和重用，最後只得到了一個右衛率府冑曹參軍[8]的小官。十年的奮鬥只換來「常寄食於人」與「殘杯冷炙」的困

---

8 參軍：職官名，掌參謀軍務。

窘生活。

三、爲官及流亡時期（四十五到四十八歲）

天寶十四年十一月安祿山叛變，第二年長安失守，杜甫得知太子即
位於甘肅靈武之後就投奔靈武，無奈半途爲賊兵所俘而被押解到長安。次
年，他潛逃到陝西鳳翔行在[9]見到了肅宗，肅宗授給杜甫左拾遺的官職，
但不久之後他卻因上書救房琯而觸怒了肅宗，並被貶爲華州司功參軍。由
於對政治感到失望，再加上長安鬧大飢荒，他便棄官去了秦州（今甘肅天
水），又遷往同谷，最後在飢寒交迫中進入四川而來到成都。

四、漂泊西南時期（四十九歲到去世）

肅宗乾元二年（西元759）杜甫來到成都，得到當時擔任成都尹的好
友嚴武很大的幫助，並在成都西郊浣花溪畔建了一座草堂，暫時有了一個
安身之所。後來，嚴武且向朝廷舉薦杜甫爲節度參謀、檢校工部員外郎，
故世稱「杜工部」。可是好景不常，代宗永泰元年（西元765）四月，嚴
武去世，杜甫頓失依靠，只得率家人離開成都，乘舟東下，漂泊困頓，直
到大曆五年（西元770）冬，病死於湘江舟中。

 背景研析

本篇選自清·楊倫《杜詩鏡銓》。

杜甫的「望嶽」[10]詩共有三首，本篇專詠東嶽泰山，另二首分別歌詠
西嶽華山和南嶽衡山。

9　行在：帝王巡幸所居的地方。
10　嶽：高峻的大山。這裡指東嶽泰山。中國自古即有「五嶽」之說，分別是：東
　　嶽泰山、西嶽華山、北嶽恆山、南嶽衡山、中嶽嵩山。

唐玄宗開元二十四年（西元736），二十五歲的杜甫開始漫遊齊趙（今山東、河北一帶），本詩即作於此一時期。這是杜詩中較早的作品，通篇洋溢著年輕詩人的豪情與壯志。

　　詩的開篇兩句，直扣題目，從遠望的宏觀視野來描寫泰山雄偉壯闊的景象。首句「岱宗夫如何？」用設問法引起下文，筆法新穎，一開始便生動的表現出作者乍見泰山時驚羨與悸動的心情。二句「齊魯青未了」則從視覺上的綿延無盡作答，極寫泰山的佔地之廣，從齊到魯都能望見泰山青蒼的山色。

　　「造化鍾神秀，陰陽割昏曉」兩句，寫從近望中對泰山的內涵與形貌的體認和把握。一個「鍾」字，使人感受到偉大的造化也是有情的存在，祂把所有神奇秀麗的景色都集中賦予了泰山。一個「割」字，則凸顯出泰山的高峻；因為高峻，所以可以遮斷陽光而割判出山南山北的明暗不同，一如晨昏的差別。

　　「蕩胸生層雲，決眥入歸鳥」兩句，寫細望之景。清・仇兆鰲《杜詩詳註》有云：「杜句有上因下因之法，蕩胸由於層雲之生，上二字因下。決眥而見歸鳥入處，下三字因上。」依此解詩，詩義如下：見山中雲氣不斷自山谷生成湧現，對之可以滌盪吾人的心胸；而睜大眼睛，極目追索，則可以看到飛鳥歸巢，沒入遠方的森林。

　　「會當凌絕頂，一覽眾山小」兩句，化用了《孟子・盡心》中孔子「登泰山而小天下」的語意，寫因望嶽的感動而喚起杜甫將來一定要攻頂的熱情，屆時立足泰山之巔，也就可以看到眾山的渺小。

 ## 核心素養

　　臺灣山地與丘陵的面積占了臺灣總面積的三分之二，其中超過三千公尺的山頭便有268座，可是政府過去卻常以封山的方式管理山林，處處設限，並不鼓勵民眾從事登山活動，導致國人普遍缺乏山岳知識與親近山林

所需的基本素養。可喜的是這樣的情況在許多有識之士長年的奔走抗爭之後終於有了轉機，2019年10月21日行政院長蘇貞昌主持「向山致敬」記者會，正式宣布國家山林解禁政策，積極推動山林開放，並認為開放山林的態度應從小、從教育做起。

　　他山之石可以攻錯，杜甫〈望嶽〉一詩雖然寫作的背景是唐代、中國，可是詩中卻體現了精闢的山水審美與正確的登山態度，足以讓臺灣的年輕人學習與效法。

　　臺灣第一高峰——玉山，標高三九五二公尺，是許多臺灣人心中渴望攀登的巔峰。然而高山雖然美麗卻也伴隨著風險，所以在沒有充分準備之前，並不適合貿然攀登。就像杜甫當年也沒有真正爬上了泰山的最高峰，他只是來到了泰山的山腳下，感受到泰山沛然的山氣，因而寫下了這首〈望嶽〉詩。同學也許還沒有足夠的能力和機緣攀登玉山，但是卻可以先到幾個不難到達的地點，實現「望嶽——眺望玉山」的心願。

　　以下介紹幾個可以眺望玉山的經典位置。首先，同學可以來到「阿里山森林遊樂區」（阿里山公路八十九公里處）的祝山與小笠原山觀日出，便可清楚地遠望玉山群峰。如果你想再靠近一點玉山，那麼就請從「阿里山森林遊樂區」順著台十八線（即阿里山公路）再往上行約二十公里，來到「塔塔加遊客中心」（台十八線與台二十一線的交界點），並順著遊客中心南方的步道走上一小段距離，就可以更清楚的看到玉山主峰與北峰、北北峰的雄偉稜線。如果你還不滿意這樣的距離，那麼你可以循公路再往前約五公里而來到台二十一線一百四十公里處的山路邊（這也是觀玉山日出最佳的位置），這時你就可以發現玉山的主、北峰正氣勢磅礡地矗立在你的眼前。

分組討論報告單

系別： 報告者姓名：

學號： 組員簽名：

議題：政府「山林解禁」的內涵與效應為何？（提示：可
google「山林解禁」）

成果：

149

素養學習單

系別：　　　　　　姓名：

學號：　　　　　　日期：

題目：嶽者，高而大的山。在臺灣一般指三千公尺以上的「百嶽」山頭。例如，來到塔塔加就可以近望玉山，來到合歡山區就可近望奇萊山。請效法杜甫，寫下一篇屬於自己在臺灣的〈望嶽〉詩。

習作：

夜鶯

作者／〔丹麥〕安徒生

 課文

　　你大概知道，在中國，皇帝是一個中國人。他周圍的人也是中國人。這故事是許多年以前發生的，但是正因爲這個緣故，在人們沒有忘記它以前，值得聽一聽。這位皇帝的宮殿是世界上最華麗的，完全用細緻的瓷磚砌成，價值非常高，不過非常脆薄，如果你想摸摸它，你必須萬分小心。人們在御花園裡可以看到世界上最珍奇的花兒。那些最名貴的花上都綁著銀鈴，好使得走過的人一聽到鈴聲就不得不注意這些花兒。是的，皇帝花園裡的一切東西都布置得非常精巧。花園是那麼大，連園丁都不知道它的盡頭是在什麼地方。如果一個人不停地向前走，他會碰到一片茂密的樹林，裡面有很高的樹，還有很深的湖。這樹林一直伸展到蔚藍色的、深沉的海那兒去。巨大的船可以在樹枝底下航行。樹林裡住著一隻夜鶯[1]。它的歌聲非常美妙，連一個忙碌的窮苦漁

---

[1] 夜鶯：夜鶯為雀形目歌鴝屬的一種鳥類。與其他鳥類不同，夜鶯是少有的在夜間鳴唱的鳥類，故得其名。夜鶯體色灰褐，羽色並不絢麗，但鳴唱非常出眾，音域極廣，是玩賞鳥的種類之一。

夫，在夜間出去收網的時候，一聽到夜鶯的聲音，也不得不會停下來欣賞一番。

「我的天，唱得多麼美啊！」他說。但是他不得不去做他的工作，所以只好把鳥兒忘掉。不過第二天晚上，這鳥兒又唱起來了。漁夫聽到了，同樣又情不自禁地說：「我的天，唱得多麼美啊！」

世界各國的旅行家都到這位皇帝的京城來，欣賞這座皇城、宮殿和花園。不過當他們聽到夜鶯的歌聲的時候，他們都說：「這是最美的東西！」

這些旅行家回到本國以後，就談論著這件事情。於是許多學者就寫了大量關於皇城、宮殿和花園的書籍。但是他們也沒有忘記掉這隻夜鶯，而且還把它的地位看得最高。那些會寫詩的人還寫了許多最美麗的詩篇，歌頌這隻住在深海旁邊樹林裡的夜鶯。

這些書流行到全世界。有幾本居然流傳到皇帝手裡。他坐在他的金椅子上，讀了又讀：每一秒鐘點一次頭，因為那些關於皇城、宮殿和花園的細緻描寫使他讀起來感到非常舒服。「不過夜鶯是這一切東西中最美的東西，」這句話清清楚楚地擺在他面前。

「這是怎麼一回事兒？」皇帝說。「夜鶯！我完全不知道有這隻夜鶯！我的帝國裡有這隻鳥兒嗎？而且它居然就在我的花園裡面？我從來沒有聽到過這回事兒！這件事情我居然只能在書裡面讀到！」

於是他把他的侍臣召進來。他是一位高貴的人物。任何比他渺小一點的人，只要敢於跟他講話或者問他一件什麼事情，他一向只是簡單地回答一聲：「哂！」—— 這個字眼是任何意義也沒有的。

「據說這兒有一隻叫夜鶯的奇異的鳥兒啦！」皇帝說。「人們都說它是我偉大的帝國裡一件最珍貴的東西。爲什麼從來沒有人在我面前提起過呢？」

「我從來沒有聽到過它的名字，」侍臣說。「從來沒有人把它進貢到宮裡來！」

「我命令你今晚必須把它抓來，在我面前唱唱歌，」皇帝說。「全世界都知道我有什麼好東西，而我自己卻不知道！」

「我從沒有聽到過它的名字，」侍臣說。「我得去找找它！我得去找找它！」

不過到什麼地方去找它呢？這位侍臣在台階上走上走下，在大廳和長廊裡跑來跑去，但是他所遇到的人都說沒有聽到過什麼夜鶯。這位侍臣只好跑回到皇帝那兒去，說這一定是寫書的人捏造的一個神話。

「陛下請不要相信書上所寫的東西。這些東西大多是無稽之談[2]——也就是所謂『胡說八道』罷了。」

「不過我讀過的那本書，」皇帝，「是日本國的那位威武的皇帝送來的，因此它絕不可能是捏造的。我要聽聽夜鶯！今晚必須把它抓到這兒來！我下聖旨叫它來！如果它今晚來不了，宮裡所有的人，一吃完晚飯就要在肚皮上結結實實地挨幾下！」

「欽佩！[3]」侍臣說。於是他又在台階上走上走下，在大廳和長廊裡跑來跑去。宮裡有一半的人都跟著他亂跑，因爲大家都不願意在肚皮上挨揍。

---

[2] 無稽之談：沒有根據，無從稽查的話。
[3] 欽佩：這是安徒生引用的一個中國字的譯音，原文是Tsing-pei（欽佩）。

於是他們便開始進行大規模的調查工作，調查這隻奇異的夜鶯——這隻除了宮廷的人以外、大家全都知道的夜鶯。

　　最後他們在廚房裡見到一個窮苦的小女孩。她說：

　　「哎呀，老天爺，原來你們要找夜鶯！我跟它再熟悉不過了，它唱得很好聽。每天晚上大家准許我把桌上剩下的一點兒飯粒帶回家去，送給我可憐的生病的母親——她住在海岸旁邊。當我在回家的路上、走得疲倦了的時候，我就在樹林裡休息一會兒，那時我就聽到夜鶯唱歌。這時我的眼淚就流出來了，我覺得好像我的母親在吻我似的！」

　　「小丫頭！」侍臣說，「我將設法在廚房裡為妳找一個固定的職位，同時使妳得到看皇上吃飯的特權。但是妳得把我們帶到夜鶯那兒去，因為它今晚得在皇上面前表演。」

　　這樣，他們就一齊走到夜鶯經常唱歌的那個樹林裡去。宮裡一半的人都出動了。當他們正在走的時候，一頭母牛開始叫起來。

　　「呀！」一位年輕的貴族說，「現在我們可找到它了！這麼一隻小動物，它的聲音可是特別洪亮！我以前在什麼地方聽到過這聲音。」

　　「錯了，這是牛的叫聲！」廚房的小女傭人說。「我們離那個地方還遠著呢。」

　　現在沼澤裡的青蛙叫起來了。

　　中國的宮廷祭司[4]說：「現在我算是聽到它了——它聽起來

4　祭司：依信仰或神職層級而有不同的稱呼，如祭師、司祭等，是指在宗教活動或祭祀活動中，為了祭拜或崇敬所信仰的神，主持祭典，在祭壇上為共祭或主

像廟裡的小小鐘聲。」

「錯了，這是青蛙的叫聲！」廚房小女傭人說。「不過，我想很快我們就可以聽到夜鶯了。」

於是夜鶯開始唱起來。

「這才是呢！」小女佣人說。「聽啊，聽啊！它就棲在那兒。」

她指著樹枝上一隻小小的灰色鳥兒。

「這個可能嗎？」侍臣說。「我從來就沒有想到它是那麼一副樣兒！你們看它是多麼平凡啊！這一定是因爲它看到有這麼多的官員在旁，嚇得失去光彩的緣故。」

「小小的夜鶯！」廚房的小女傭人高聲地喊，「我們仁慈的皇上希望你能到他面前去唱唱歌啦。」

「我非常高興！」夜鶯說，於是它唱出動聽的歌來。

「這聲音像玻璃鐘響！」侍臣說。「你們聽，它的小歌喉唱得多麼好！說來也稀奇，我們過去從來沒有聽到過它。這鳥兒到宮裡去一定會逗得大家喜歡！」

「還要我再在皇上面前唱一次嗎？」夜鶯問，因爲它以爲皇帝在場。

「我的最好小夜鶯啊！」侍臣說，「我感到非常榮幸，命令你到宮裡去參加晚會。你得用你最美妙的歌喉去娛樂聖朝的皇上。」

「我的歌只有在綠色的樹林裡才唱得最好！」夜鶯說。不過，當它聽說皇帝希望見它的時候，它還是去了。

祭的神職人員。

宮殿被裝飾得煥然一新。瓷磚砌的牆和鋪的地，在無數金燈的光中，閃閃地發亮。那些掛著銀鈴的、最美麗的花朵，現在都被搬到走廊上來了。走廊裡有許多人在跑來跑去，捲起一陣微風，使所有的銀鈴都叮噹叮噹地響起來，使得人們連自己說的話都聽不見。

　　在皇帝坐著的大殿中央，人們豎起了一根金製的柱子，好使夜鶯能在上面站著。整個宮廷的人都來了，廚房裡的那個小女傭人也得到許可站在門後侍候——因為她現在得到了一個真正「廚工」的職稱。大家都穿上了最好的衣服。大家都看著這隻灰色的小鳥：皇帝對它點頭。

　　於是這夜鶯唱了——唱得那麼美妙，連皇帝都流出眼淚來，一直流到臉上。當夜鶯唱得更美妙的時候，它的歌聲就打動了皇帝的心弦。皇帝顯得那麼高興，他甚至還下了一道命令，把他的金拖鞋掛在這隻鳥兒的脖子上。不過夜鶯謝絕了，說它所得到的報酬已經夠多了。

　　「我看到了皇上眼裡的淚珠——這對於我來說是最寶貴的東西。皇上的眼淚有一種特別的力量。上帝知道，我得到的報酬已經不少了！」於是它用甜蜜幸福的聲音又唱一次。

　　「這種逗人喜愛的撒嬌我簡直沒有看過！」在場的一些宮女們說。當人們跟她們講話的時候，她們就故意把水倒到嘴裡，弄出咯咯的響聲來：她們以為她們也是夜鶯。小廝和丫鬟們也發表意見，說他們也很滿意——這種評語並不很簡單，因為他們是最不容易得到滿足的一群人。總之，夜鶯獲得了極大的成功。

　　夜鶯現在要在宮裡住下來，要有它自己的籠子了——它現在只有白天出去兩次、夜間出去一次散步的自由。每次總是有十二

個僕人跟著；他們牽著綁在它腿上的一根絲線——而且他們老是拉得很緊。像這樣的出遊並不是一件輕鬆愉快的事情。

整個京城裡的人都在談論著這隻奇異的鳥兒，當兩個人遇見的時候，一個只須說：「夜，」另一個就接著說：「鶯」[5]。於是他們就互相嘆一口氣，彼此心照不宣。有十一個做小販的孩子都取了「夜鶯」這個名字，不過他們誰也唱不出一個調子來。

有一天皇帝收到了一個大包裹，上面寫著「夜鶯」兩個字。

「這又是一本關於我們這隻名鳥的書！」皇帝說。

不過這並不是一本書，而是一件裝在盒子裡的工藝品——一隻人造的夜鶯。它跟天生的夜鶯一模一樣，不過它全身裝滿了鑽石、紅玉和青玉。這隻人造的鳥兒，只要上好發條，就能唱出一曲那隻真正的夜鶯所唱的歌；同時它的尾巴會上上下下地動著，射出金色和銀色的光來。它的脖子上掛有一條小絲帶，上面寫著：「日本國皇帝的夜鶯，比起中國皇帝的夜鶯來，是很寒酸的。」

「它真是好看！」大家都說。送來這隻人造夜鶯的那人馬上就獲得了一個稱號：「皇家首席夜鶯使者」。

「現在讓它們一起唱吧；那將是多麼好聽的雙重奏啊！」

這樣，它們就得在一起唱了；不過這個辦法卻行不通，因為那隻真正的夜鶯只是按照自己的方式隨意唱，而這隻人造的鳥兒

---

[5] 另一個就接著說：「鶯」：「夜鶯」的丹麥文是Nattergal。作者在這裡似乎開了一個文字玩笑，因為這個字如果拆開，頭一半成為natter（夜——複數），而下一半「鶯」就成gal，而Gal這個字在丹麥文中卻是「發瘋」的意思。

只能唱「華爾茲舞曲」⁶那個老調。

「這不能怪它，」樂師說。「它唱得非常合拍，而且是屬於我的這個學派。」

現在這隻人造鳥兒只好單獨唱了。它所獲得的成功，比得上那隻真正的夜鶯；此外，它的外表卻是漂亮得多——它閃耀得如同金手鐲和領扣。

它把同樣的調子唱了三十三次，而且還不覺得疲倦。大家都願意繼續聽下去，不過皇帝說那隻活的夜鶯也應該唱點兒什麼東西才好——可是它到什麼地方去了呢？誰也沒有注意到它已經飛出窗外，回到那青翠的樹林裡面去了。

「但是這是什麼意思呢？」皇帝說。

所有的朝臣們都咒罵那隻夜鶯，說它是忘恩負義的東西。

「我們總算是有了一隻最好的鳥了。」他們說。

因此那隻人造鳥兒又得唱起來了。他們把那個同樣的曲調又聽了三十四遍。雖然如此，他們還是記不住它，因為這是一個很難的曲調。樂師把這隻鳥兒大大地稱讚了一番。是的，他很肯定地說，它比那隻真的夜鶯要好得多：不僅就它的羽毛和許多鑽石

---

⁶ 華爾茲舞曲：圓舞曲（或說華爾滋Waltz），係起源於奧地利阿爾卑斯山區的蘭德勒舞曲（Laendler），於18世紀末開始盛行。華爾滋節奏中第三拍緊黏著頭拍的動感特色，會讓人禁不住跟著音樂擺動飛舞。不過，剛開始流行時，由於音樂節奏所引動的想像，被歸為「不入流」的靡靡之音。這樣的音樂節奏很可愛，包括莫札特、舒伯特、布拉姆斯等德奧音樂家，以及鋼琴詩人蕭邦，都曾寫過不少動聽的圓舞曲。及至老小約翰史特勞斯父子集大成，靠圓舞曲打下一片江山。到今日，反而渲染上濃厚的貴族色彩，與上流社會劃上等號。其中〈藍色多瑙河〉可說是小約翰史特勞斯的圓舞曲作品中最受歡迎的一首，每年的維也納新年音樂會絕對少不了她，其象徵性的意義直化名為奧地利第二號國歌。

來說，即使就它的內部來說，也是如此。

「因為，淑女和紳士們，特別是皇上陛下，你們各位要知道，你們永遠也猜不到一隻真正的夜鶯會唱出什麼歌來；然而在這隻人造夜鶯的身體裡，一切早就安排好了：要它唱什麼曲調，它就唱什麼曲調！你可以說出一個道理來，可以把它拆開，可以看出它的內部活動：它的『華爾茲舞曲』是從什麼地方起，會到什麼地方止，會有什麼別的東西接上來。」

「這正是我們的要求，」大家都說。

於是樂師被批准下星期天把這隻人造夜鶯公開展覽，讓民眾看一下。皇帝說，老百姓也應該聽聽它的歌。他們後來也就聽到了，而且還感到非常滿意。愉快的程度正好像他們喝過了茶一樣——因為喝茶是中國的習慣。他們都說：「哎！」同時舉起食指，點點頭。可是聽到過真正夜鶯唱歌的那個漁夫說：

「它唱得倒也不壞，很像一隻真鳥兒，不過它似乎總缺少了一種什麼東西——雖然我不知道這究竟是什麼！」

真正的夜鶯從這塊土地和帝國被放逐出去了。

那隻人造夜鶯在皇帝床邊的一塊絲墊子上佔了一個位置。它所得到的一切禮物——金子和寶石——都被陳列在它的周圍。在稱號方面，它已經被封為「高貴皇家夜間歌手」了。在等級上來說，它已經被提升到「左邊第一」的位置，因為皇帝認為心房所在的左邊是最重要的一邊——即使是一個皇帝，他的心也是偏左的。樂師寫了一部二十五卷關於這隻人造鳥兒的書：這是一部學問淵博、篇幅很長、用那些最難懂的中國字寫的一部書。因此大臣們都說，他們都讀過這部書，而且還懂得它的內容，因為他們都怕被認為是蠢才而在肚皮上挨揍。

整整一年過去了。皇帝、朝臣們以及其他的中國人都記得這隻人造鳥兒所唱的歌中的每一個調兒。不過正因爲現在大家都學會了，大家便特別喜歡這隻鳥兒——大家現在可以跟它一起唱，而他們實際上也是這麼做了。街上的孩子們唱：吱—吱—吱—格碌—格碌！皇帝自己也唱起來——是的，這眞是可愛得很！

　　不過一天晚上，當這隻人造鳥兒正在唱得最好的時候，當皇帝正躺在床上靜聽的時候，這隻鳥兒的身體裡面忽然發出一陣「嘶嘶」的聲音來。有一件什麼東西斷了。「噓——」所有的輪子都狂轉起來，於是歌聲就停止了。

　　皇帝立即跳下床，命令他的御醫進來。不過醫生又能有什麼辦法呢？於是大家又去請一個鐘錶匠來。經過一番磋商和考查以後，他總算把這隻鳥兒勉強修好了；不過他說，這隻鳥兒今後必須仔細保護，因爲它裡面的齒輪已經壞了，要配上新的而又能奏出音樂，是一件困難的工作。這眞是一件悲哀的事情！這隻鳥兒只能一年唱一次，而這還算是使用過度呢！不過樂師做了一個簡短的演說——用的全是些難懂的字眼——他說這鳥兒跟從前一樣地好，因此當然是跟從前一樣地好……

　　五個年頭過去了。一件眞正悲哀的事情終於來到了這個國家，因爲這個國家的人都很是喜歡他們的皇帝的，而他現在卻病了，而且據說他不能久留於人世。新的皇帝已經選好了。老百姓都跑到街上來，向侍臣探問他們老皇帝的病情。

　　「呸！」他搖搖頭說。

　　皇帝躺在他華麗的大床上，冷冰冰的，面色慘白。整個宮廷的人都以爲他死了；每人都跑到新皇帝那兒去致敬。男僕人都跑

出來談論這件事，丫鬟們開起盛大的咖啡會[7]來。所有的地方，在大廳和走廊裡，都鋪上了布，使得腳步聲不至於發出響聲；所以這兒現在很靜寂，非常地靜寂。可是皇帝還沒有死：他僵直地、慘白地躺在華麗的床上——床上掛著天鵝絨的帷幔，帷幔上綴著厚厚的金絲穗子。最上面的窗子是開著的，月亮照在皇帝和那隻人造鳥兒的身上。

這位可憐的皇帝幾乎不能夠呼吸了。他的胸口上好像有一件什麼東西壓著：他睜開眼睛，看到死神坐在他的胸口上，並且還戴上了他的金王冠，一隻手拿著皇帝的寶劍，另一隻手拿著他的華貴的令旗。四周有許多奇形怪狀的腦袋從天鵝絨帷幔的褶紋裡偷偷地伸出來，有的很醜，有的溫和可愛。這些東西都代表皇帝所做過的好事和壞事。現在死神既然坐在他的心坎上，它們就特地伸出頭來看他。

「你記得這件事嗎？」它們一個接著一個低語著，「你記得那件事嗎？」它們告訴他許多事情，使得他的前額冒出了許多汗珠。

「我不知道這件事！」皇帝說。「快把音樂奏起來！快把音樂奏起來！快把大鼓敲起來！」他叫出聲來，「好使得我聽不到他們講的這些事情呀！」

然而它們還是不停地在講。死神對它們所講的話點點頭——像中國人那樣點法。

「把音樂奏起來呀！把音樂奏起來呀！」皇帝叫起來。「你

7　咖啡會：請朋友喝咖啡談天（kafeeselskab）是北歐的一種社交習慣；中國沒有這樣的習慣。

這隻貴重的小金鳥兒，唱吧，唱吧！我曾送給你貴重的金禮物；我曾經親自把我的金拖鞋掛在你的脖子上——現在就唱呀，唱呀！」

可是這隻鳥兒站著動也不動一下，因為沒有誰來替它上好發條，而它不上好發條就唱不出歌來。不過死神繼續用他空洞的大眼睛盯著這位皇帝。四周是靜寂的，可怕的靜寂。

這時，正在這時候，窗子那兒有一個最美麗的歌聲唱起來了。就是那隻小小的、活的夜鶯；它棲息在外面的一根樹枝上，它聽到皇帝可悲的情況，它現在特地來對他唱點安慰和希望的歌。當它在唱著的時候，那些幽靈的面孔就漸漸地變淡；同時在皇帝屏弱的肢體裡，血也開始流動得活躍起來。甚至死神自己也開始聽起歌來；而且還說：「唱吧，小小的夜鶯，請唱下去吧！」

「不過，」夜鶯說，「您願意給我那把美麗的金劍嗎？您願意給我那面革貴的令旗嗎？您願意給我那頂皇帝的王冠嗎？」

死神把這些寶貴的東西都交了出來，以交換一支歌。於是夜鶯不停地唱下去。它唱著那安靜的教堂墓地——那兒生長著白色的玫瑰花，那兒接骨木樹發出甜蜜的香氣，那兒新草染上了未亡人的眼淚。死神這時就眷戀地思念起自己的花園來；於是他變成一股寒冷的白霧，在窗口消失了。

「多謝你！多謝你！」皇帝說。「你這隻神聖的小鳥！我現在懂得你了。我把你從我的土地和帝國趕出去，而你卻用歌聲把那些邪惡的面孔從我的床邊趕走，也把死神從我的心中去掉。我將用什麼東西來報答你呢？」

「你已經報答我了！」夜鶯說，「當我第一次唱的時候，我

從您的眼裡得到了你的淚珠——我將永遠不會忘記這件事。每一滴眼淚是一顆珠寶——它可以使得一個歌者心花怒放。不過現在請您睡吧，請您保養精神，變得健康起來吧，我將再爲您唱一首歌。」

於是它唱起來——於是皇帝就甜蜜地睡著了。啊，這一覺是多麼溫和，多麼愉快啊！

當他醒來、感到神志清新、體力恢復的時候，太陽從窗子外射進來，照在他身上。他的侍從一個也沒有來，因爲他們以爲他死了。但是夜鶯仍然陪伴在他身邊，唱著歌。

「請你永遠跟我住在一起吧，」皇帝說。「你喜歡怎樣唱就怎樣唱。我將把那隻人造鳥兒拆成一千塊碎片。」

「請不要這樣做，」夜鶯說。「它已經盡了它最大的努力。讓它仍然留在您的身邊吧。我不能在宮裡築一個巢住下來；不過，當我想到要來的時候，就請您讓我來吧。我將在黃昏的時候停靠在窗外的樹枝上，爲您唱首什麼歌，叫您快樂，也叫您深思。我將歌唱出那些幸福的人們和那些受難的人們。我將歌唱隱藏在您周圍的善和惡。您的小小的歌鳥現在要遠行了：它要飛到那個窮苦的漁夫身旁，飛到農人的屋頂上去，飛到住得離您和您的宮廷很遠的每個人身邊去。比起您的王冠來，我更愛您的心；然而王冠卻也有它神聖的一面。我將會再來，爲您唱歌——不過我要求您答應我一件事。

「什麼事都可以！」皇帝說。他親自穿上他的龍袍站著，同時把他那把沉重的金劍按在心。

「我要求您一件事：請您不要告訴任何人，說您有一隻會把什麼事情都講給您聽的小鳥。只有這樣，一切才會美好。」

於是夜鶯就飛走了。

侍從們都進來瞧瞧他們死去了的皇帝——是的，他們都站在那兒，而皇帝卻說：「早安！」

自由歌唱的藝術精靈

作者／羅夏美

課文作者

安徒生（Hans Christian Andersen，1805-1875）出生於丹麥富恩島奧登塞小鎮。自幼家貧，但天賦觀察力敏銳，想像力豐富。早年在慈善學校讀過書，14歲時決心要成為一個藝術家，隻身到哥本哈根打天下，經過八年的困頓與奮鬥，終於在詩劇嶄露才華；因此，藝文界人士贊助他就讀文法學校；1822年書寫了少作《青年的嘗試》，此後創作不輟。1829年，他就讀哥本哈根大學，創作漸趨成熟，出版了《阿馬格島漫遊記》，開始邁向成名作家之路；至1833年出版長篇小說《即興詩人》，已為他贏得國際聲譽。

1843至1847年間，安徒生多次旅行歐洲，與大仲馬[8]、小仲馬[9]、雨

---

[8] 大仲馬：大仲馬（Alexandre Dumas，1802-1870），19世紀法國浪漫主義文豪，世界文學名著《基度山恩仇記》的作者。

[9] 小仲馬：小仲馬（Alexandre Dumas fils，1824-1895），法國劇作家、小說家，世界文學名著《茶花女》的作者。其父大仲馬也是法國著名文學家，為區別，通常稱為小仲馬。

果[10]、巴爾札克[11]、狄更斯[12]等大作家相互往來。愛旅行的安徒生曾說：「旅行就是生活！」外國藝文、語言、文化等，讓擁有高度好奇心的他，大開眼界，也成爲他日後文藝創作的素材。

安徒生寫過許多詩、小說、劇本、遊記名篇，但他最聞名於世的是童話。從1835年起，連續寫了40年，包括兒童故事、散文、散文詩及小說，計有164篇。他成名後發願爲如他童年一般貧困又寂寞的兒童而寫，希望能給兒童溫暖慰藉以及思想啓迪。他的童話特具豐富的想像力、優美的詩情以及深入淺出的哲理，既能反映社會生活又具有獨特的感染力。世界兒童文學能夠如此豐富多采，實墊基於安徒生的用心與創新。

安徒生著名的童話故事有〈國王的新衣〉、〈拇指姑娘〉、〈賣火柴的小女孩〉等等。已被譯爲一百多種語言，翻譯冊數之多無可計量。他晚年時因爲童話而享譽國際，獲得「丹麥國旗勳章」、「丹麥文化國父」等殊榮。安徒生終生未成家室，享年70歲，喪禮備極哀榮。

十七、八世紀，歐洲吹起「中國風」（Chinoiserie），蔓延到了寒冷的北歐，丹麥作家安徒生爲自己愛慕的瑞典歌劇女高音珍妮琳德（Jenny Lind）創作了有名的童話故事〈夜鶯〉，故事背景就設在遙遠的中國。這

---

[10] 雨果：雨果（Victor Marie Hugo，1802-1885）是一名法國浪漫主義作家。他是法國浪漫主義文學的的代表人物和19世紀前期積極浪漫主義文學運動的領袖，法國文學史上卓越的作家。雨果幾乎經歷了19世紀法國的所有重大事變。一生創作了眾多詩歌、小說、劇本、各種散文和文藝評論及政論文章。代表作有《巴黎聖母院》和《悲慘世界》等。

[11] 巴爾札克：（Honoré de Balzac，1799-1850），法國19世紀著名作家，法國現實主義文學成就最高者之一。他創作的《人間喜劇》（Comédie Humaine）共91部小說，寫了兩千四百多個人物，是人類文學史上罕見的文學豐碑，被稱為法國社會的「百科全書」。

[12] 狄更斯：狄更斯（Charles John Huffam Dickens，1812-1870），維多利亞時代英國最偉大的作家，他的30多年的創作生涯，寫了15部長篇小說，許多中短篇小說，以及隨筆、遊記、時事評論、戲劇、詩歌等，為英國文學和世界文學作了卓越的貢獻，一百多年來他的代表作《雙城記》在全世界盛行不衰。

個童話讓她獲得了「瑞典夜鶯」的美譽。

安徒生以心愛的女高音爲藍本創作的〈夜鶯〉，將苦澀的單戀經過純眞心靈的昇華，寫成了眞善美的頌歌，是對「不分貧富貴賤願爲任何人歌唱」這種純眞人性的讚美。在皇宮裡由備受寵愛到備受冷落，夜鶯戲劇性的人生，也與安徒生備嘗艱辛與奮鬥成名，這樣跌宕起伏的生命經歷何其相似。

安徒生將這些情感、思想、中國元素寫成成人孺子共欣賞的童話〈夜鶯〉。高高在上的中國皇帝仍可以被夜鶯的歌聲感動落淚，四海爲家自由自在願爲任何人歌唱的小鳥，亦尊重皇室一如珍視皇帝的眼淚。這樣大膽的異國想像，似乎暗示，即使安徒生沒去過中國，他仍然相信，植根於心靈深處的高貴情感、藝術共鳴與自由追尋，是放諸四海而人同此心心同此理的。〈夜鶯〉裡想像力豐富的中國世界，也是溫情文明與冷漠專制混雜，華麗繁榮與浮誇不實交揉的，一如各國傳統的封建政治。安徒生便是如此用童話啓發孩子無邊無際的想像，啓迪孩子關於人生意義與價值的思考，也讓陪小孩讀童話的大人永保赤子之心。

〈夜鶯〉發表於西元1844年，收集在《新的童話》集裡。本文〈夜鶯〉選自遠流出版社2005年出版的《安徒生故事全集4》，由葉君健從丹麥文直接翻譯成中文的版本。

安徒生當年早已是一個名聞國際的成功作家，竟能轉而發心發願，40年間撥出許多時光和精神，啓用他的一切感情和思想，專心致志來寫童話，認爲在當時還很冷門的童話創作，才是他要致力的「不朽的工作！」；所以，他寫童話的目的，絕不是只爲討好或娛樂孩子而已，而是要提供許多對人生價值具有啓發性的問題給孩子，以及陪伴孩子讀童話的父母；希望他的童話作品能帶給人們溫暖與啓發。

課文譯者

葉君健（1914-1999）中國作家及翻譯家，武漢大學外國文學系畢業。第二次世界大戰後留歐期間，習得丹麥、瑞典等多國語言。曾發表許多中、英文小說、散文名篇，並以翻譯丹麥文版安徒生童話故事而享譽世界文壇，與美國譯本同被評為「當今世界上兩個最好的譯本」。1988年獲丹麥皇家頒贈「丹麥國旗勳章」，表彰他在安徒生童話譯作上的傑出成就。

背景研析

〈夜鶯〉這個故事，就蘊含了幾個值得大人小孩一起深思的議題，其一，有真正的自由，生命才有意義、才有價值，才能綻放燦爛的光采：夜鶯的特立獨行，啟發讀者的思考，自由是可貴的，美好的生命，必定要有自由的意志，做自己喜歡做的事，過自己喜歡過的生活。夜鶯不願被關在金絲籠裡豢養，牠喜歡自由來去，隨意歌唱，帶給需要牠的——不論是皇宮貴族還是黎民百姓——許多適時的慰藉與快樂。「我將歌唱給那些幸福的人們，和那些受難的人們。……飛到那個窮苦的漁夫身旁，飛到農人的屋頂上去，飛到離您和您的宮廷很遠的每個人身邊去。」夜鶯不為名利富貴所誘，堅持要自由地站在牠喜歡的舞台，牠的歌聲才能發光發熱，才有意義和價值。

其二：藝術表演的意義之一，在能引起共鳴：善良而不計前嫌的夜鶯，在皇帝奄奄一息的時候，再度翩然來到，為他唱了許多安慰和希望的歌：「『您已經報答我了！』夜鶯說，『當我第一次唱的時候，我從您的眼裡得到了您的淚珠——我將永遠不會忘記這件事。每一滴眼淚是一顆珠寶——它可以使得一個歌者心花怒放。』」。藝術是表演者與欣賞者共享的審美經驗與心意交流，這種交流令人覺得興奮、崇高、珍貴……，使藝術家更有動力獻身於藝術，使鑑賞者能沉浸於強烈的藝術感染力之中。一

如兒童沉浸於安徒生的童話世界。

其三：原創藝術才具有藝術作品的靈光（auro）[13]：「那隻眞正的夜鶯，只是按照自己的方式隨意唱，而這隻人造的鳥兒，只能唱〈華爾茲舞曲〉那個老調。」機械夜鶯能唱出一再重複的歌聲，也讓人們得以模仿學習。不過，故事中的漁夫卻覺得機械夜鶯缺少了什麼。眞正的夜鶯可以自由歌唱、有創造力、歌聲動人、飽含「靈光」；而機械夜鶯則讓人感覺到少了什麼東西，沒有感情，雖然安穩重覆，卻沒有生命力。

 ## 核心素養

「核心素養」意指「一個人爲適應現在生活及未來挑戰，所應具備的知識、能力與態度。」；「核心素養之本土與國際意識」意指具備自我文化認同的信念，並尊重與欣賞多元文化，積極關心全球議題及國際情勢，且能順應時代脈動與社會需要，發展國際理解、多元文化價值觀與世界和平的胸懷。

童話是專門爲兒童創作、適合兒童閱讀的文學作品。童話的三大要素，是童心、想像、淺語。因此〈夜鶯〉有許多天眞爛漫的寫作特色，其一是童話式的鮮明對比：兒童還不宜分辨複雜的人事，所以明白而易於了解的對比在童話中是必要的。比如中國的眞夜鶯與日本的機械鳥、阿諛奉承的大臣與純眞善良的小廚工、新皇登基與舊皇垂危……這些對比清楚地對照出夜鶯的美好，牠彷彿眞、善、美的化身，牠沒有華麗的外表，牠不

---

[13] 靈光：德國哲學家本雅明（Walter Benjamin，1892-1940）用「靈光」形容藝術的神秘韻味和受人膜拜的特性，他指出傳統藝術有其靈光，靈光講求「原眞」（authenticity）；而機械複製時代來臨之後，大量生產的藝術作品已失去靈光，新時代新技術出現之際，藝術的涵義逐發生了變革。參見本雅明，〈機械複製時代的藝術作品〉（1935），收於《迎向靈光消逝的年代》，許綺玲譯，臺北：臺灣攝影工作室，1998，頁57-119。

貪戀物質享受，牠為心靈而唱，牠始終純真善良，所以歌聲才如此動人心弦。安徒生透過對比，引導人們體會純真心靈的可貴。

其二是生動活潑的想像世界：〈夜鶯〉描寫中國皇帝的神態、侍臣的裝腔作勢、皇宮的氣派、御花園的精巧、漁夫和廚房小女傭天真的口吻，都是那麼栩栩如生[14]，令人彷如身臨其境。但安徒生其實沒來過中國，所以〈夜鶯〉的中國想像儘管瑰麗新奇富有異國風味，但並不細膩真實，讓人分不清是中國、日本或韓國皇宮。

其三是情節誇張有童趣：〈夜鶯〉誇張的情節，令人覺得幽默、嘲諷而有奇趣。比如那些綁著鈴鐺深怕大家沒注意到它的花朵兒，流露出皇室膨脹到無限大的虛榮心；大臣們忙著裝腔作勢、逢迎拍馬、鑽研高深學問，甚至忙到沒看過野生動物，連牛和青蛙都認不出來；皇帝賞賜夜鶯的橋段也很有意思，他把自認為非常珍貴的金拖鞋繫在夜鶯的脖子上，卻完全不在乎夜鶯到底需要什麼……這些誇張的情節，幽默地嘲諷著中國皇宮的浮誇以及荒謬，讓一起讀童話的大人小孩，都可以在難以置信的嘻笑中，領略傳統政治制度的不近情理。

〈夜鶯〉是具有普世價值，歷久而彌新，全世界大人小孩都可從中獲得童真與人生哲理的曠世佳作；及至今日，人們仍可從中汲取一個人如何忠於自我、實現自我的天賦與價值的力量，為生命困境及未來挑戰提供悠然的、庖丁解牛式的參照；臺灣學子即便從中可以輕易看出安徒生對中國文化的想像微瑕，但安徒生以幽默童趣的文筆，包裹嚴肅的批判思考，對中國傳統政治及日本文化都具有靈巧而令人莞爾的批判力；〈夜鶯〉尊重、欣賞並反思丹麥、中國、日本多元文化的優異與盲點，早於1844年即能放眼世界，關涉多國情勢及價值觀；因為他寫得如此深切而動人，時至二十一世紀的今天，仍能順應時代脈動，給予國際理解與多元文化價值觀，一個可愛、嘲諷、沒有煙硝味兒的，眾生平等、世界和平的烏托邦想望。

---

[14] 栩栩如生：活靈活現、躍然紙上的樣子。栩，音ㄒㄩˇ。

分組討論報告單

系別：　　　　　　　報告者姓名：

學號：　　　　　　　組員簽名：

議題：名利富貴，如此誘人，你願意犧牲你的自由來換取嗎？
　　　為什麼？為什麼不？

成果：

素養學習單

系別：　　　　　　姓名：

學號：　　　　　　日期：

題目：想像有如蝴蝶美麗的翅膀，可以使文學作品的神采更飛
　　　揚，試就〈夜鶯〉舉例探討。

習作：

巴黎——百遊不厭的藝術首都

作者／鍾文音

 課文

落腳於法國友人姬兒旦（Guildane）家中，我見識到身爲藝術家的她生活之簡樸，也在每日行走中漸漸體會到巴黎魅力無窮的況味[1]。

巴黎街頭鎮日遊人如織，我一邊深受各式博物館的吸引，一邊又被街頭的氣味誘惑。它是一座讓人眷慕的城市。

而拉丁區某些餐館越來越普及化的價位，讓我這等遊客只需拎著[2]小錢包即可混身其中，更讓人覺得自在，若非語言隔閡和城市景觀錯置，心情倒頗有處於自鄉家園之感。

每天來自全球的上萬遊客總是徘徊在塞納河一帶，我也是從

---

[1] 況味：景況、滋味。
[2] 拎著：拎音ㄌㄧㄥ。拎著：用手提著。

巴黎最古老、最負盛名、也是小說家雨果[3]寫就《鐘樓怪人》[4]的場景——聖母院開始遊蹤。

聖母院外觀近幾年才剛完全清洗、刷新完畢，陽光下透露著潔淨之顏，人人仰著頭看著浮雕，在哥德式[5]教堂前的鏡頭下，流露旅人該享有的微笑。

一入內，幽深如魅[6]，燭火搖曳，彩繪玻璃璀璨。二次大戰時期，巴黎人唯恐玻璃毀於戰火，曾經把彩繪玻璃暫時卸下，於戰後再安裝回去，此舉，讓後人得以親見聖母院教堂登峰造極的藝術。

彩繪玻璃造型多種：有圓形的、長橢圓形的、似酒瓶長形的……。華麗精緻的風格讓人目不暇給[7]。

其中最大、也是最古老的一面玻璃完成於一四八五年，直徑

3　雨果：維克多‧雨果（Victor-Marie Hugo，1802-1885），法國文學史上卓越作家，19世紀前期積極浪漫主義文學運動領袖。雨果幾乎經歷了19世紀法國的所有重大事變。一生創作了許多詩歌、小說、劇本、散文、文藝評論及政論文章。小說《鐘樓怪人》（1831）和《悲慘世界》（1861）是世界名著。

4　《鐘樓怪人》：《鐘樓怪人》法語原為《巴黎聖母院》（*Notre-Dame de Paris*），臺譯《鐘樓怪人》，法國文學家雨果原著小說，1831年1月14日初版。故事場景設定在1482年的巴黎聖母院，主要角色是吉卜賽少女、副主教以及聖母院醜怪駝背敲鐘人。此故事曾多次被改編成電影、電視劇及音樂劇。

5　哥德式：哥德式建築（Gothic architecture）是一種興盛於歐洲中世紀高峰與末期的建築風格。建築特色包括尖形拱門、肋狀拱頂與飛拱。常見於歐洲的主教座堂、大修道院與教堂。它也出現在許多城堡、宮殿、大會堂、會館、大學，甚至私人住宅。哥德式建築的整體風格為高聳削瘦，以卓越的建築技藝表現了神祕、哀婉、崇高的強烈情感，對後世其他藝術均有重大影響。哥德式大教堂等無價建築藝術已列入聯合國教科文組織的世界遺產。

6　幽深如魅：幽暗深僻如同鬼魅。

7　目不暇給：給音ㄐㄧˇ。暇，空閒。給，供給。目不暇給形容眼前美好事物太多，或景物變化太快，眼睛來不及觀看。

約十公尺，巴黎人稱這一面窗爲「玫瑰窗」。至於其他的彩繪窗約完成於十六、七世紀。珍貴的玫瑰窗上面，彩繪的是耶穌在聖徒的簇擁下行祝福之禮。聖母院著名的事蹟之一，還有一八〇四年時，拿破崙在此加冕稱帝，路易十三和路易十四肖像也並列此院。

聖母院內直徑五十公尺的大圓柱中堂將教堂分成五座大殿，五殿且以十字架形排列，伴隨唱詩堂、告解室和環繞的迴廊。

主殿四周有一個雙層窗戶的走廊，陽光透過圓形玻璃窗射進殿內，黑影幢幢[8]，讓我忍不住也點了把小燭火，獻上法郎十元，並坐到長木椅片刻，感受肅穆的氛圍。

我內心所祈求不外是和平與寧靜，並希翼擁有藝術的靈視。

踏出殿外，巴黎的天空露著難得的燦爛陽光，讓旅人的心情特別舒服怡然。

我想起《聖經》詩篇二十三篇四節所寫的：「我雖行過死蔭的幽谷，也不怕遭害，因爲你與我同在，你的杖你的竿都安慰我。」雖然吾非天主、基督徒，但在聖樂飄飄的氣氛裡，思及這樣的文字仍感到悸動，特別是孤旅中一丁點燭光般的旁人溫暖或風景犒賞就宛如「你的杖你的竿」般點過，安慰著異鄉人的寂寞之心。

難怪聖母院內，總是不斷地見到有人在聖像前，含著淚光喃喃自語地告解心情往事。這畫面讓我有一種對於天堂懷想的深切感動，我心裡想著，希望也能常常成爲別人的竿與杖，在人世的

8　黑影幢幢：幢音ㄔㄨㄤˊ，旌旗一類的東西。黑影幢幢：黑影晃動，搖曳不定。

風霜中給他人溫藉。

　　徒步塞納河，不管在左右河岸都可目擊聖母院，而整個塞納河沿岸也是旅人最流連之處，其中的奧塞美術館[9]和羅浮宮[10]盛名響遍國際，其外部建築、內部結構和收藏之豐，讓它們宛如磁鐵般地吸住人們的行腳。羅浮宮的金字塔[11]像一則旅人心中的傳奇，總得瞻仰到它，才算遊過巴黎。然而如今細想，這座地大物博的博物館，說來也不過是權勢掠奪中，強者為王的歷史刻印。

　　上萬件的收藏品，讓人逛到最後幾近虛脫，甚至往後幾天會對博物館暫且產生視而不見的距離感。

　　一七八九年法國大革命之後，羅浮宮終於從皇族之姿化成百姓人家，進而轉為博物館。由於前身為皇宮，所以在許多設計上不盡理想，內藏四十二萬件收藏品，舊有的空間卻襯不出收藏品的美感，這就是一九八三年時會有「大羅浮」計畫的原因。

　　貝聿銘[12]用十七年的時間與輿論拔河，終於在一九九八年完

9　奧塞美術館：奧賽博物館（Musée d'Orsay）是法國巴黎的近代藝術博物館，主要收藏從1848年到1914年間的繪畫、雕塑、傢具和攝影作品。博物館位於塞納河左岸，和羅浮宮斜對。原是建於1900年的火車站，1939年車站關閉，1986年改建成為博物館。大廳中還保留著原來的車站大鐘。

10　羅浮宮：羅浮宮（Musée du Louvre）位於法國巴黎市中心的塞納河邊，原是法國王宮，後改建成羅浮宮博物館，藝術收藏達3.5萬件，包括雕塑、繪畫、美術工藝、古代東方、古代埃及和古希臘羅馬等7個門類。羅浮宮擴建工程，是1989年法國大革命200周年紀念巴黎十大工程之一，也是唯一一個不是經過投標競賽而由法國總統密特朗親自委託的工程。此工程由美籍華人建築師貝聿銘設計，玻璃金字塔成為羅浮宮的入口處。

11　金字塔：貝聿銘設計的玻璃金字塔，成為羅浮宮聞名世界的入口。

12　貝聿銘：貝聿銘（1917-），美籍華人建築師，被譽為「現代主義建築的最後大師」（the last master of high modernist architecture）。貝聿銘作品以公共建築、文教建築為主，善用鋼材、混凝土、玻璃與石材。代表作是羅浮宮的金字塔。

成了閃耀的金字塔入口。二〇〇〇年五月前往羅浮宮，遇到「林布蘭特[13]展」，此為一大收穫。而埃及館也是我喜愛的別館之一，至於鎮館之寶〈蒙娜麗莎〉[14]前，則依然是人潮不斷。

進入名聞遐邇[15]的奧塞美術館，入內即見到整座博物館宛如玻璃宮殿，明亮的光線打進簡潔的陳設，既古典又現代。這座由車站改建的空間之殊勝，也是歐洲獨有的，寬一三五公尺，深四〇公尺，高六〇公尺，外有十六個站台及四〇〇多個旅店、咖啡店等，可想而知奧塞美術館的空間地利了。

據悉奧塞美術館的誕生和畢卡索[16]頗有關係，他過世後留下大批的名畫和稅務問題，為了他的畫作，法國政府於是催生一座當代美術館，奧塞還被譽稱為「歐洲最美的博物館」。在我看來，它確實頗具架勢與內涵，光是流連在莫內[17]、高更[18]、梵

---

[13] 林布蘭特：林布蘭特（Rembrandt Harmenszoon van Rijn，1606-1669），荷蘭著名畫家。重要作品有肖像畫、自畫像以及取自聖經內容的繪畫等。名畫〈夜巡〉（1642）現藏於荷蘭阿姆斯特丹美術館。

[14] 蒙娜麗莎：〈蒙娜麗莎〉（義大利語：La Gioconda；法語：La Joconde；英語：Mona Lisa）是文藝復興時代畫達‧文西（Leonardo da Vinci）所繪的肖像畫。它是直接畫在白楊木上的，此畫面積不大，長77公分，寬53公分，描繪的是一位表情內斂的、微帶神秘笑容的女士。是達‧文西的代表作。這幅畫是世界上最著名的油畫，收藏於巴黎的羅浮宮供公眾欣賞。

[15] 名聞遐邇：遐，遠。邇，近。名聞遐邇指遠近馳名。

[16] 畢卡索：巴勃羅‧畢卡索（Pablo Ruiz Picasso，1881-1973），聞名世界的西班牙畫家。畢卡索是20世紀現代藝術的主要代表人物之一，作品達二萬多件，包括油畫、素描、雕塑、拼貼、陶瓷等。他是少數能在生前「名利雙收」的畫家之一。代表作有〈亞維儂的姑娘們〉（1907）、〈格爾尼卡〉（1937）。

[17] 莫內：克洛德‧莫內（Claude Monet，1840-1926），法國畫家，印象派代表人物和創始人之一，擅長光與影的實驗與表現技法。「印象派」一詞即出自其代表作〈印象‧日出〉（1872）的標題。

[18] 高更：保羅‧高更（Paul Gauguin，1848-1903）生於法國巴黎，印象派畫

谷[19]、馬諦斯[20]等名畫中,就深覺此行的豐華。

我最愛登上奧賽美術館的頂端,捧著咖啡、咬著三明治,仰望塞納河的優美影色。

相較起來,龐畢度文化中心[21]則擁有後現代的解構[22]氣息。

這座建於一九七七年的文化中心,是一座綜合中心,包括博物館、圖書館、現代畫廊、雕塑展覽廳等。建築的怪異反而讓人深刻記憶了它的模樣,暴露於外的鐵條和鐵管是它的特色,色彩鮮豔的大油管在外表蜿蜒盤踞,看來是「物不驚人語不休」,這棟建築引起的輿論,也使它一砲而紅。

我個人倒是喜歡龐畢度中心正面外牆上的電扶梯,由電扶梯登上每層樓,透過透明的玻璃圓管子,可以漸次目及巴黎的城市景觀。有人戲稱這一根根的圓管為巨大香腸,觀者居於其中,就

家。作品風格趨向於「原始」,用色和線條都較為粗獷,畫作中往往充滿具象徵性的物與人。

[19] 梵谷:文森・梵谷(Vincent Willem van Gogh,1853-1890),荷蘭後印象派畫家。他是表現主義的先驅,並深深影響了二十世紀藝術,尤其是野獸派與德國表現主義。梵谷的作品,如〈麥田群鴉〉(1890)、〈向日葵〉(1888)與〈星夜〉(1889)等,現已擠身於全球最知名、最昂貴的藝術作品的行列。

[20] 馬諦斯:亨利・馬諦斯(Henri Matisse,1869-1954),法國畫家,野獸派的創始人,也是一位雕塑家、版畫家。以使用鮮明、大膽的色彩而著名。

[21] 龐畢度文化中心:龐畢度中心(Centre Georges Pompidou)座落於法國首都巴黎第四區,是一棟高科技建築。龐畢度中心完工後,引起法國社會大眾諸多爭議,由於它與巴黎的傳統風格建築完全相反,令許多巴黎市民無法接受,但也有藝文人士大力支持,有人則稱它是「市中心的煉油廠」,建築特色是骨架外露並擁有鮮豔的管線機械系統。

[22] 解構:解構主義建築(deconstructionism architecture)是一個從1980年代晚期開始的後現代建築思潮。它的特點是把整體破碎化。主要想法是對外觀的處理,通過非線性或非歐幾里得幾何的設計,來形成建築元素之間關係的變形與移位,譬如樓層和牆壁,或者結構和外廓。

好像是香腸內的肉。

庞畢度文化中心二〇〇〇年又重新開放，我到達時，著名攝影家布哈塞（Brassai）[23]的特展正吸引許多人的目光。有趣的是，庞畢度售票可以分區買，或買全館的票。分區買的好處是時間不多者可以精挑一館細看，又不會浪費錢，加上館大展品多，分區、分次參觀會是不錯的藝文之旅。

庞畢度戶外的噴泉雕塑是女藝術家妮基[24]（Niki Saint Phalle）的作品，造型童趣中有著艷麗之色，在巴黎如此優雅古典之都裡，絕對稱得上是件異數之作。

其實我最喜歡的巴黎博物館當屬小巧怡人的羅丹[25]美術館。羅丹生前的屋子和花園之美讓我流連不已，尤其羅丹、卡蜜兒的雕塑作品與遺物，更讓觀者試圖去想像卡蜜兒的激情。羅丹美術館的花園內有露天咖啡座，座下樹木參天、涼風習習，許多人就地臨摹著羅丹的雕塑作品，玫瑰花開得如此碩大鮮艷，時光假設能倒流，不知道癡情女子卡蜜兒是否依然爲才子羅丹瘋狂。

在花園坐著，細思歷史的一切定數與偶然，也想不出箇中緣

---

[23] 布哈塞：布哈塞（Brassai，1899-1984），匈牙利人，是20世紀歐洲最有影響力的攝影大師之一，始終對自己的真實姓名諱莫如深。1932年出版攝影集《夜巴黎》，以窮盡巴黎夜生活全貌而聞名於世，贏得「夜間攝影鼻祖」美譽。1980年代出版《在我生活中的藝術家》攝影集，正值壯年的畢卡索、達利（Salvador Dalí，1904-1989）、馬諦斯等藝術家都出現在布拉塞的鏡頭中，又引起新的轟動。

[24] 妮基：妮基‧桑法勒（Niki Saint Phalle，1930-2002），法國雕塑家、畫家和電影導演。位於庞畢度中心外的〈史特拉汶斯基噴泉〉（1983）是其雕塑代表作。

[25] 羅丹：奧古斯特‧羅丹（Auguste Rodin，1840-1917），法國雕塑家。善於用豐富多樣的繪畫手法塑造出神態生動、富有力量的藝術形象。代表作是巨型浮雕〈地獄門〉及其中的〈沉思者〉等。

起緣滅的道理。

誰得名？誰得利？誰得了「心」？

也許羅丹終生最牽念的人是卡蜜兒也說不定。這樣一想，倒是笑起自己的一廂情願了。

CAFÉ 還是去喝杯咖啡吧！

從美術館和博物館相繼走出後，視覺的饗宴可說已達高點，心靈這時反而想要從藝術中脫困，進入生活基本面。這時單單是閒走在塞納河畔、或是呆站在橋上，都有一種輕鬆舒暢。

喝杯咖啡是最能享受愜意的時光，既品咖啡香，也可以順便閱讀在美術館買來的畫冊和書籍，模仿巴黎人的優雅和作態之姿。

「我不是在咖啡館，就是在前往咖啡館的途中。」巴黎若缺少了咖啡這一味，恐怕藝術文人氣息將要大大減半。

法國大文豪巴爾扎克[26]（Balzac）的雕像樹立在羅丹美術館內，這位文豪不僅在文學上傑出，連飲咖啡的杯數都創紀錄，據悉他在五十一年的生命裡，大約喝掉了五○○○○多杯咖啡，後人於是送他一個「五萬杯咖啡作家」的封號。

法國存在主義巨擘沙特[27]和其愛人西蒙·波娃常光顧的花神

---

[26] 巴爾扎克：奧諾雷·德·巴爾扎克（Honoré de Balzac，1799-1850），法國19世紀著名作家，法國現實主義文學成就最高者之一。代表作是總名為《人間喜劇》的系列小說，共九十餘部，寫了兩千四百多個人物，是人類文學史上罕見的文學豐碑，被稱為法國社會的「百科全書」。

[27] 沙特：尚-保羅·沙特（Jean-Paul Sartre，1905-1980），法國思想家、作家，存在主義哲學大師，其代表作《存在與虛無》（1943）是存在主義的顛峰作品。

（Flore）咖啡館，坐滿了慕名而至的旅客，現在早已少見當地巴黎人至此喝咖啡了。

而諾貝爾文學獎得主海明威[28]在蒙帕那斯區（Montparnasse）寫作的丁香園（La Closerie des Lilas）可說是因為海明威而蓬蓽生輝，當年落魄的海明威在此寫作，寫下了後來改編成電影的名著《妾似朝陽又照君》（*The Sun Also Rises*）[29]；而畢卡索、莫迪里亞尼[30]等也是此間曾駐足的藝術家。

名人已逝，現在巴黎著名的景點充斥的是喧嘩的遊客，城市大大少了原有的邊緣藝術況味，令我感到無限惋惜。

倒是一些位在塞納河左岸拉丁區和瑪黑區窄巷的無名咖啡館深得我心。

---

[28] 海明威：歐內斯特·米勒·海明威（Ernest Miller Hemingway，1899-1961），美國記者和作家，20世紀最著名的小說家之一。1953年，他以《老人與海》一書獲得普立茲獎；1954年，《老人與海》又為海明威奪得諾貝爾文學獎。2001年，海明威的《妾似朝陽又照君》與《戰地春夢》兩部作品被美國現代圖書館列入「20世紀中的100部最佳英文小說」中。海明威的寫作風格以簡潔著稱，對美國文學及20世紀文學的發展有極深遠的影響。

[29] 《妾似朝陽又照君》（*The Sun Also Rises*）：或譯《太陽照常升起》，是美國諾貝爾文學獎得主海明威於1926年創作的小說，講述一群美國、英國僑民從巴黎旅行至西班牙，觀賞當地節慶奔牛、鬥牛的故事。是現代主義小說的先鋒和不朽名作。小說表面講述的是一個愛情故事，實則反思「迷惘的一代」，即在一戰中受到重大創傷而頹廢、墮落的一代。此外，小說也探索了人性中的愛、死亡、重生等主題，以及男子漢氣概。海明威使用簡約的寫作風格，以有限的詞彙表現人物的性格和動作，這一作法後來被稱為冰山理論。

[30] 莫迪里亞尼：亞美迪歐·莫迪里亞尼（Amedeo Modigliani，1884-1920），義大利藝術家、畫家和雕塑家。他獨領風騷，大膽創作裸女畫，受到當代保守風氣嚴厲批評，時至後世才獲得認可。他的創作深具個人風格，以優美弧形構成的人物肖像畫是其著名特色。

來此華麗之都，覓得心靈安靜的角落是極爲重要的。

夏季已至，我閉眼歇憩冥思，慶幸我在初夏晚春裡光臨這座世人鐘愛之城，洗滌我的藝術渴望。

如此向藝術家友人姬兒旦述說心情，並參觀了她的工作室及作品後，我感到自己如此貼近巴黎，也想到無論何時何地、作爲一個藝術家宿命要面對的困境。巴黎，無疑的永遠是許多人最渴望的藝術天空吧！

——鍾文音《最美的旅程》

最美的藝文之都

作者／羅夏美

課文作者

鍾文音，1966年生，臺灣雲林縣人。少時因爲家庭因素經常遷徙與轉學，成爲她日後驛動的基因與創作的種子。淡江大學大眾傳播系畢業，曾赴紐約視覺藝術聯盟研習油畫兩年。擔任過電影評論、劇照師、場記、美術、旅遊版記者、專欄作家等，現專職創作。鍾文音鍾愛影像、繪畫與文字，1994年獲得《聯合文學》小說新人獎，此後開始大量創作，能量豐沛，發表過散文、小說、旅行書、繪本、禮物書、譯作等多種文類。曾獲聯合報文學獎、臺北文學獎、長榮旅行文學獎、時報文學獎與吳三連文學獎等多項榮譽。著有作品二十餘部，是九〇年代的代表作家之一。

在鍾文音多元而豐厚的著作中，以「女性家族史小說」和「旅行散

文」這兩類作品最受矚目。她以迥異於男性的、集體的寫史眼光，另闢女性的、個人的尋根文體，建構家族的微觀歷史；小說內容紀實與虛構參雜交揉，布局與文氣複調[31]而舒緩，混雜本土氣息、魔幻色彩與瑣屑妍爛[32]的絮語[33]，如《女島紀行》（1998）、《在河左岸》（2003）、《愛別離》（2004）等。

因為喜愛閒晃和學習異國文化，鍾文音的旅行散文質量皆可觀，文壇多稱她為「旅行文學作家」。鍾文音的「旅行」觀念自覺而清晰，她認為旅行可以轉化人生的困境或僵局；藉由旅遊地景的外在映照，可以開啓和自我內在對話的契機；追思旅地靈魂人物的行跡，可以催化成為自己藝術創作的動力……，比如《寫給你的日記》（1999）和《永遠的橄欖樹》（2002）等，且行且思「旅行」的奧義。她的旅行散文多使用隨性遊思的日記體或書信體，多喃喃囈語[34]或喁喁獨白[35]，率性傾訴中時而閃爍著慧語詩言，比如《遠逝的芳香》（2001）與《孤獨的房間》（2006）等，心遊於物而重構自我的企圖很是濃烈。鍾文音總是帶著書本與畫冊旅行，追尋心儀的藝術家在旅地舞臺散發光芒的獨特印記，希望撞擊出靈魂的火花，比如《遠逝的芳香》（2001）致意於高更、《奢華的時光》（2002）致意於張愛玲[36]、《情人的城市》（2003）致意於莒哈絲等。這類的旅行

---

[31] 複調：複調（poliphony）本是音樂術語，這種音樂由兩條以上相對獨立的旋律線，相互有機的結合、協調、開展而構成多聲部音樂。文學批評挪用音樂中的「複調」概念，用以描述作品中的多聲部、對位以及對話的特徵。

[32] 瑣屑妍爛：繁瑣、細碎而妍麗斑斕。

[33] 絮語：連綿不絕的輕聲細語。

[34] 喃喃囈語：喃喃形容低聲說話的聲音；囈語指夢話、夢囈或無稽之談。這裡指作者的行文風格，像是自己在不斷地對著讀者輕聲訴說著夢話或荒謬糊塗的話。

[35] 喁喁獨白：喁音ㄩˊ。喁喁：低語聲；獨白：人物獨自抒發個人情感和願望的話語。

[36] 張愛玲：張愛玲（1920-1995），中國現代作家。家世顯赫，天資敏慧，曾考取倫敦大學，因歐戰爆發，改入香港大學外文系。大三時，日本攻占香港，乃

書寫，在意的不是飄洋過海異國獵奇，而是知性層次的人文精神探索。

 背景研析

　　鍾文音是臺灣九〇年代「旅行文學」的代表作家之一。〈巴黎——百遊不厭的藝術首都〉原發表於《藝術家》雜誌（1999），而後收錄於《最美的旅程》（2004）一書。巴黎（Paris）是法國的首都和最大城市，也是法國的政治與文化中心。目前是世界上最重要的國際都市之一，在教育、娛樂、時尚、科學、媒體、藝術、文化與政治等方面皆有重大影響力。巴黎也是歐洲綠化最深與最適合人類居住的城市之一。本文即是鍾文音1999年的巴黎遊記。

　　〈巴黎——百遊不厭的藝術首都〉記敘作者在巴黎的行旅聞思，瀏覽巴黎街頭各式美術館、博物館、餐館；教堂的彩繪玻璃、陽光燦爛的天空、禱告的人們、蜂擁交織的遊客、珍貴的藝術收藏品；古雅與前衛並置的建築、花木扶疏的文化中心、閒逸優雅的露天咖啡座、散居各處的名家雕像、紀念館和藝術工作室……，試圖浮繪這文藝薈萃的首善之都，照見這異文化的優異美感，並砥礪自身的藝術視野。

　　1999年以來，鍾文音受《藝術家》雜誌之邀，每月定期撰寫一篇專欄，至2001年爲止，將文章結集成《最美的旅程》一書。應專欄的藝術報導之需，鍾文音站在審美的觀點，以精美的圖與文，彩繪她在各地遊覽的遺跡、歷史、典故、自然、人文、美感經驗等。從歐洲開始遊蹤，經地

回上海開始從事寫作。22歲時以成名作〈沈香屑第一爐香〉、〈沈香屑第二爐香〉廣受文壇注目，聲名鵲起。創作力於1943-1945年間最為旺盛，《傾城之戀》、《金鎖記》、《流言》、《紅玫瑰與白玫瑰》皆於此時完成。1952年逃出大，到香港美國新聞處做事，寫成《秧歌》與《赤地之戀》兩本小說。1955年從香港赴美定居，並完成《怨女》、《半生緣》等小說。此後埋首於翻譯及考證工作，寫作減少，1995年病逝。

中海沿岸國度，再到北非，然後繞行至亞洲，下行於紐約，最後終點於美國。以美文美景誘引讀者一起遊歷五大洲、22個國家的美好景致。

鍾文音另有《情人的城市：我和莒哈絲[37]、卡蜜兒[38]、西蒙波娃[39]的巴黎對話》（2003）一書，更細膩的書寫她在巴黎的所遊所感，她一一追尋這三位經典女性曾經存在的生命現場，迂迴往復地與她們進行一場又一場跨越時空的精神對話，思索她們的情慾、孤獨、狂妄與創作……，藉以拓展作者的多重人文視野，並撞擊出創作的契機。可以作爲〈巴黎──百遊不厭的藝術首都〉一文的延伸閱讀。

---

[37] 莒哈絲：瑪格麗特・莒哈絲（Marguerite Donnadieu，1914-1996），法國女作家，電影導演。西元1914年生於印度支那嘉定市，在印度支那度過的童年和青少年時代，成了她創作靈感的源泉。西元1943年她把自己的姓改成了父親故鄉的一條小河的名字--Duras 莒哈絲。她的成名作是自傳體小說《抵擋太平洋的堤壩》（1950），其後作品多描寫一些試圖逃脫孤獨的人物。她早期的作品形式比較古典，後期的作品打破了傳統的敘事方式，並賦予心理分析新的內涵，爲小說寫作帶來了革新，常被視爲新小說派的代表作家。1984年，她的小說《情人》獲得龔古爾文學獎。莒哈絲的文學作品，包括40多部小說和10多部劇本，多次被改編成電影，如《廣島之戀》（1959）、《情人》（1992）。同時她本人也拍攝了幾部電影，包括《印度之歌》和《孩子們》。

[38] 卡蜜兒：卡蜜兒・克洛岱爾（Camille Claudel，1864-1943），法國雕塑家。1883年，卡蜜兒結識名雕塑家羅丹（Auguste Rodin，1840-1917），成爲羅丹的助手和情婦，此後，在情感和創作上，卡蜜兒始終被籠罩在羅丹的強大的陰影之下，因而窮困潦倒，精神崩潰。他們熾熱的愛情故事一直吸引著世人的目光。

[39] 西蒙波娃：西蒙・波娃（Simone de Beauvoir，1908-1986），法國存在主義作家，女權運動的創始人之一，存在主義大師沙特（Jean-Paul Sartre，1905-1980）的伴侶。波娃最重要的作品是她的《第二性》（1949），這部作品被譽爲女權運動的「聖經」。

核心素養

　　「核心素養」意指「一個人為適應現在生活及未來挑戰，所應具備的知識、能力與態度。」；「核心素養之本土與國際意識」意指具備自我文化認同的信念，並尊重與欣賞多元文化，積極關心全球議題及國際情勢，且能順應時代脈動與社會需要，發展國際理解、多元文化價值觀與世界和平的胸懷。

　　〈巴黎──百遊不厭的藝術首都〉是《最美的旅程》一書的第一章節，書序中作者自言此書此文的書寫目的，是在應《藝術家》專欄之需，寫出夾敘夾議的旅行報導。其創作立場因而是在顯現藝術之美，以「美」留駐地理風光、以「美」凝住文化行腳與歷史光影，以「美」來和個人所遭逢的他者心靈對話。

　　文章中點出幾個主要議題，其一是導覽巴黎的繁華盛景：藝術氣息濃厚令人戀慕的街道，塞納河、聖母院、奧賽、羅浮宮金字塔、龐畢度、羅丹館、花神咖啡、河左岸的著名美景，綠樹、繁花、雕塑、藝品環繞的優美建築……。其二是欣賞巴黎的文藝名作：《鐘樓怪人》、「玫瑰窗」、「林布蘭特展」、〈蒙娜麗莎〉、莫內、高更、梵谷、馬諦斯等名畫、羅丹雕塑、《妾似朝陽又照君》等令人讚嘆的文化精品。其三是致意巴黎的文藝大師：雨果、達文西、畢卡索、梵谷、羅丹、巴爾札克、沙特、海明威……，這些曾於此間駐足的大師，讓巴黎的文化天空更形光燦奪目。其四是思索自身的藝術創作：法國友人的藝術家儉樸生活、羅丹與卡蜜兒的愛恨糾結、巴爾札克和海明威的蟄居書寫等，在這世人鍾愛的藝術之城，在這旅人的眼底心裡，迴轉瀰昇，衝激著這旅人的創作渴望。

　　此文推介旅地的自然與文藝之美，兼及自我的藝術領悟，所以使用觸景聯想的佈局，旅地的地景、歷史、人文與作者的文藝涵養雜糅輝映。此行也是肩負特殊任務的報導之旅，所以文中多徵引文藝精品與大師行跡，側重於文化知識的議論與評介，與單純的遊記不同。鍾文音的小說及散文

多慣於隨性抒發與喃喃囈語。本篇文章的結構，也是巴黎印象、文藝的吉光片羽[40]與自身的見聞感思，相互錯落交織，結構率性而流動。她喃喃自語的文字，自有其特殊的魅力與靈慧的文思，比如「癡情女子卡蜜兒是否依然為才子羅丹瘋狂。在花園坐著，細思歷史的一切定數與偶然，也想不出箇中緣起緣滅的道理。誰得名？誰得利？誰得了『心』？」，又如「作為一個藝術家宿命要面對的困境。巴黎，無疑的永遠是許多人最渴望的藝術天空吧！」，孤獨的文化行旅，旅途的風霜雨露和文藝感思，凝結出此文淒迷低迴的美感。

悅讀此文，企盼讀萬卷書行萬里路的宇宙遊子們，可以更加堅定於自我文藝涵養的執著與切磋，增進對歐美多元文化的瀏覽與鑑賞，關涉全球化下在地與異國文藝的交流與激盪，留意於國際文藝、社會、歷史、趨勢的發展脈絡，且能探尋當代世界脈動並給予臺灣社會新異的刺激，發展本土特色並能兼有悅納異己的國際胸襟。「這土地我一方來，將八方離去。」所謂伊人，永遠詩意地棲居或流轉，在水一方。

---

40 吉光片羽：吉光，古代傳說中的神獸。吉光片羽指神獸的一毛。比喻殘餘僅見的文章或書畫等藝術珍品。

分組討論報告單

系別：　　　　　　報告者姓名：

學號：　　　　　　組員簽名：

議題：「巴黎導覽」：如果你是歐洲團導遊，你最喜歡的「巴黎十景」會是什麼？請說明這些景點的歷史、文化、經濟、社會⋯⋯意義。填入分組討論單後，請各組派代表上臺導覽。

成果：

素養學習單

系別：　　　　　　姓名：

學號：　　　　　　日期：

題目：請析述你的「旅行」觀念，並以已有的旅行經驗為佐證。

習作：

國家圖書館出版品預行編目資料

中文閱讀與表達：人文素養／王淳美　主編.
－－六版.－－臺北市：五南圖書出版股份
有限公司, 2021.09
面；　公分
ISBN 978-626-317-047-6（平裝）

1.國文科　2.讀本

836　　　　　　　　　110012638

1X3Y

中文閱讀與表達
人文素養（第六版）

主　　　編 ― 王淳美

編　　　著 ― 王淳美、羅夏美、蔡蕙如、施寬文、呂昇陽

企劃主編 ― 黃惠娟

責任編輯 ― 魯曉玟

封面設計 ― 韓衣非

出　版　者 ― 五南圖書出版股份有限公司

發　行　人 ― 楊榮川

總　經　理 ― 楊士清

總　編　輯 ― 楊秀麗

地　　　址：106臺北市大安區和平東路二段339號4樓

電　　　話：(02)2705-5066　　傳　真：(02)2706-6100

網　　　址：https://www.wunan.com.tw

電子郵件：wunan@wunan.com.tw

劃撥帳號：01068953

戶　　　名：五南圖書出版股份有限公司

法律顧問　林勝安律師

出版日期　2013年9月初版一刷
　　　　　2015年9月二版一刷
　　　　　2017年9月三版一刷
　　　　　2018年9月四版一刷
　　　　　2019年9月五版一刷
　　　　　2021年9月六版一刷
　　　　　2024年9月六版五刷

定　　　價　新臺幣260元

經典永恆·名著常在

五十週年的獻禮 —— 經典名著文庫

五南，五十年了，半個世紀，人生旅程的一大半，走過來了。

思索著，邁向百年的未來歷程，能為知識界、文化學術界作些什麼？

在速食文化的生態下，有什麼值得讓人雋永品味的？

歷代經典·當今名著，經過時間的洗禮，千錘百鍊，流傳至今，光芒耀人；

不僅使我們能領悟前人的智慧，同時也增深加廣我們思考的深度與視野。

我們決心投入巨資，有計畫的系統梳選，成立「經典名著文庫」，

希望收入古今中外思想性的、充滿睿智與獨見的經典、名著。

這是一項理想性的、永續性的巨大出版工程。

不在意讀者的眾寡，只考慮它的學術價值，力求完整展現先哲思想的軌跡；

為知識界開啟一片智慧之窗，營造一座百花綻放的世界文明公園，

任君遨遊、取菁吸蜜、嘉惠學子！